2014

武當道士那些年

仐三 著

高寶書版集團

III
卷十四・神仙傳說・最終卷(5)

目錄

第一百八十五章　察覺

在講解大戰細則之前，李長老對這件事情的前因後果做了一個簡單的說明。

那就是，楊晟如今是在壓抑力量，至於原因則是要等著有了足夠的力量，再一次性的爆發，因為在沒有足夠的實力之前，他不敢輕易的洞開上界，更不想愚蠢的招惹鐵則背後傳說中的「神仙」。

他要的是一舉爆發力量，然後徹底完成他洞開昆侖的壯舉。

所以在這個計畫中得出的結論就是，楊晟現在展現的還不是他本身的最強力量，他一直在壓抑自己的力量。

「其實這場大戰，我們這裡只是第一戰場，在我們取得了勝利以後，第二戰場是由各大勢力組成的幾支隊伍混雜有世俗的勢力，將分頭突襲他們的幾個據點，那裡面貯備有這種液體，還有祕密販賣來的人口！要做什麼，大家是清楚的……之所以，要我們勝利了才動手，是因為其中有世俗勢力的摻雜，至於原因大家也知道，明面的行動需要他們，而世俗勢力等到一場勝利，這樣做也算是師出有名，A公司只能吃一個啞巴虧。」李長老講解道。

至於為什麼戰場會選在那麼奇怪的地方，其實這關係到一句話。

欲到昆侖，先尋蓬萊……那個孤零零的寺廟在無人區，其實是大有來頭的，那是拉崗寺第一個聖僧的圓寂之地，也是他最初的修行之地。

聽說是與蓬萊有關係的，楊晟已經得到了某件聖物，他帶著他的精英部隊，要去先找到蓬萊。

某件聖物？我想起了陳承一師傅說過的一句話，在某個寺廟有一件聖物，我們必須要拿到手，那是打開蓬萊的聖物，莫非……

我還沒有說話，在這個時候，姜師傅已經開口了：「天意啊，沒想到楊晟已經拿到了聖物，看來這場大戰就算不戰也得戰了！」

「是啊，這個情報是所有的情報裡最有價值的情報，就是楊晟會帶著他整個計畫中的精英全部出動，甚至還有A公司的高層也出動了數位，雖然我們不知道楊晟一定要這樣做的原因……畢竟，他之前是想龜縮自己的力量拖延時間，為何有如此冒險的舉動。但怕的就是等不到他出來，反而因為鐵則停止了一切的爭鬥，那就是最糟糕的情況，我們等不起。」李長老語重心長的說道。

而我則皺起了眉頭，楊晟不是在等待力量一舉爆發嗎？為什麼那麼急著找到蓬萊，蓬萊是和昆侖相關聯的，他不是還不急著洞開昆侖嗎？

我的腦子在迅速的轉著，忽然就想起了一段回憶，一個最厲害的昆侖之魂在蓬萊，是不是和這個有關係？

但我猜測不出來有什麼關係？

雪山一脈掌握的情報大概也就這些了，接下來的會議是關於大戰的安排。

基本上是老一輩的精英盡出，而年輕一輩，特別是有潛力的年輕一輩的安排，則是機密中的機密，因為要為正道留下火種。

當然也有和老李一脈一樣的情況，這些勢力聯合推舉了十幾個年輕一輩的人，皆因為雪山一脈的卜算結果，在這場大戰中，將新血換舊血，經過了大戰的洗禮，新的中流砥柱將會出現。

大戰的各種戰術安排是繁瑣的，畢竟是精英盡出的會戰，這種事情在歷史上也不多見。幾百名正道勢力的老一輩……想想，這就是一股極大的力量，畢竟這不是普通人，是修者。

而在楊晟那邊，因為情報也不是百分之百準確的，一切都只能是預估，所以現在根本沒有辦法揣測這場戰鬥的規模。

會議一直進行了好幾個小時，各種的戰術和細節，在會議中也得到不斷的補充，像這種戰鬥一開始碰撞的必然是整體的實力，到了後期才會是更加慘烈的個人戰。

總之，光是這麼聽著戰術的安排，也已經讓人感覺到了其中的殘酷。

到會議結束的時候，那個擺在桌上的沙漏，被人反覆的顛倒了幾次，又再一次的流盡了，到這個時候所有的安排才全部說完，由我總結一番，然後散會。

各大勢力的高層都是紛紛告辭，時間不多了，在這場說不定必死的戰鬥之前，他們有自己的事情要處理，像我這樣基本上沒有什麼牽掛的人，不多了。

在大家都散盡以後，老掌門和我並肩而行，依然是落後半步的距離，但我卻明白他的深意，老李一脈以及相關人等，在戰鬥中有著變數的作用，舉足輕重，他是不想被這些人知道，我並不是陳承一本人。

他怕我應付不來，就如同會議剛開始那樣露出了馬腳，他也沒法知道，陳承一身邊這些人能否承受得住這樣的打擊？反正雪山一脈是承受不住這個後果的，所以他要幫我應付一下情況，也有可能這些熟悉的人在等著我，畢竟我修煉二十幾天都沒與他們見一面。

看他們剛才的意思，就是想和我聚聚，可是讓人詫異的是，走出了會場外面卻是一片冷清，並沒有想像中的那些人在等待著我，只是在風中有一個孤獨的身影站在那裡，她反而是我最不願意見到的人。

「如雪……」我下意識的叫了一聲，其實是反應了很久，才叫出了這個名字，在我的心裡，我應該叫她朝雨。

她並沒有回答我，而是一步一步的朝著我走來，美麗的臉上神情依舊是清清冷冷，她衝著老掌門淡淡一笑，然後對老掌門說道：「我可以與他單獨說兩句嗎？」

一向睿智淡定的老掌門反而在這個時候有些舉棋不定了，不讓說未免不近人情，說了又怕我露陷，但我憑著靈覺已經感覺到了這個如雪對我的一絲漠然，這絕對不是她對陳承一的情緒。

恐怕這個聰明的女人已經察覺到了什麼，所以我對老掌門說了一句：「那我和如雪說兩句吧，就勞煩老掌門前邊等我。」

既然我這樣說了，老掌門也沒有拒絕的理由了，衝著我點點頭，然後飄然而去，只剩下這個讓我感覺複雜的女子一起站在夜空下，風徐徐的吹向山腰之下。

上一次，她和陳承一的夜晚，我模糊的知道是漫天的星光，如今天已涼了，好像整個夜空都有些烏雲蓋頂，厚重得讓人壓抑的意思。

高原的冬天，總是來得很早，這是從陳承一的記憶中得知的事情，恐怕是快要下雪了吧？

我不敢和她的雙眼對視，即便她和魏朝雨的神態是那麼不同，但看著她的眼睛，我總是覺得我在凝視魏朝雨，我很心痛，但依然沒有凝視的勇氣。

「你不是承一。」我不敢看向她的眼睛，可是她卻是直接的看著我，開口就是這樣一句話，非常的直接，沒有任何的試探。

「是，我不是他，確切的說我是他前世的意志。」既然她已經知道了，我也沒有隱瞞的必要，我只是奇怪，所以也直接問了：「妳怎麼知道我不是陳承一的？」

「因為你看我的眼神，和他看我的眼神不同。你的一切細節習慣，包括走路的姿勢都和他有一些不同，別人或許看不出來，但是我卻能看得出來。」如雪很淡然的回答我。

「妳觀察得倒是很仔細。」我沒料到竟然是這樣的原因，讓她知道我不是陳承一。

「我沒有觀察得很仔細，在他面前我不會說這樣的話，對著你倒是無所謂。只因為我愛他，愛得深了，所以他的一切都已經印在了我的靈魂裡。這不奇怪，每一對相愛很深的人，都是有這個本能的。」如雪說話的時候，挽了一下臉旁飛舞的髮絲，清清淡淡的樣子，卻讓人心底不禁生出無限的憐惜。

「他還會回來嗎？」在我有些愣神的時候，如雪忽然抬頭這樣問了我一句。

第一百八十六章　初始

大草原的天氣到了一定的季節，就開始變幻無常，何況雪山一脈原本就在無人區，風捲動著雲層，在陰暗中有一種莫名的光亮。

我以為是要下雪了，結果飄落到臉上的卻是冰冷的雨點，只是瞬間就淅淅瀝瀝下成了一場雨簾，中間夾雜著碎碎的冰沫，有一種說不出的冷。

如雪就在我眼前很直接的看著我，我們兩個不過五米左右的距離，卻像隔絕了比天塹還要遠，因為時間的距離沒有辦法衡量，我和她隔絕了一世。

我站在她面前，不是陳承一；而她站在我面前，也早已不是魏朝雨，再也不會對我熟悉的笑。

答案很殘酷，我並不想直接的說出，驟然的冰雨讓溫度也下降了好多，我一開口已有白氣，我對她說道：「天涼，回去吧。」

她忽然就慘然一笑，然後淡淡說了一句：「我明白了。」接著，轉身就走。

這一笑背後的傷心與淒涼，讓我的情緒反而起了巨大的波瀾，我知道那是陳承一的情緒，卻不知道為何又這般壓制了下去。

終究是忍不住，我看著她的背影問了一句：「妳究竟……究竟要打算如何做？」

我沒有正面回答什麼，但冰雪聰明若如雪，只是一句逃避的話，她怕是也就知道結果了，女孩子不是愛哭的嗎？為什麼只是不掉一滴眼淚，轉身就走？

到這個世間越久，我就越是想知道這個世間人的情緒，好像比我在的世界濃烈了許多，亦或也沒有，當年的我自己幾乎沒有情感的世界，又如何去體會他人的情感？

面對我的問題，如雪停住了腳步，轉身看著我，那眼神似乎是迷離，畢竟是她最熟悉的一張臉，無論我是誰，這身體總是陳承一的。

「一入龍墓棄凡塵，我原本只是一個守墓人，當無須再守時，跟隨而去也不是什麼大不了的事情。」如雪的語氣清清淡淡，可是就連我也聽得懂話語背後的深情。

那種生無可戀，那種寂靜如死灰一般的絕望。

「自殺那可是有很大的因果……」我下意識的說了一句。

可是那個如雪卻忽然笑了，她對著我說道：「我與他的生命，除了半年的時光，從未好好在一起過。如果沒有那半年，倒是值得我遺憾一生的事情，其他的事情還重要嗎？總也是相隔天涯的守望著，莫非我不痛苦？完成了該完成的事，總算是有一個理由，讓我心中沒有了念想，讓我一了百了，倒也不能完全說是壞事，你說對嗎？」

我站在雨中沉默，雨簾模糊了眼前的身影，可是雨中她的雙眼卻是如此的清晰，她的眼神落在我的臉上，卻並不看著我的眼睛，充滿了某種無法訴說的深情和留戀。

我懂她的意思，人不是陳承一，自然沒有相同的眼神，但臉卻總是陳承一的。

我無法說出錯對，因為在這一刻，我發現感情的痛苦，到了深了，哭不出來也是正常，看似平靜的如雪，只不過是心如死灰的做了一個決定，悲傷已經不用表達，痛到無聲就是最痛，因為已經無法言說。

至於我為什麼會忽然理解這些，只不過是在這個時候，我想起了那一世的決鬥，魏朝雨的眼神，在我們都出大招的時候，她陡然停下的眼神……那一種決絕！

無論輪迴幾世，她始終是未變，那一種對感情似火的決絕，終究是刻在靈魂裡的。

在我發愣的時候，如雪已經漸行漸遠，我感覺臉上冷熱混雜，冷的是雨，熱的是淚……我竟然也會這樣哭？在那一刻我有一些恍惚，口中低聲喃喃道：「如雪，我怎麼可能放棄妳？我和妳這一生的答案，到底還是由自己來寫的。」

我知道，剛才一直隱忍的陳承一的意志再次出現了，卻不懂他為什麼到現在要這樣表達出來？而漸行漸遠的如雪根本也聽不見。

是不是情到深處不自知，到底就連對著對方暢快的表達也不會了？

抬頭大雨紛紛，好像預示著高原的冬是一個殘酷的季節，它要到了……來得那麼早。

那一日的大會，是陳承一的師傅找個理由把所有的人叫走了，所以，在大戰以前也來不及一敘。

我自然是逃避的，說得越多也就錯得越多，何必讓所有的人傷心？

秋長老照例還是每日來我身邊，照顧飲食起居或是彙報一些事情，讓我知道了，在雪山一脈看似平靜的上下一心的修煉中，實際上已經是在暗流洶湧的爭鬥。

如今，因為第三條鐵則所以沒有了外界那種大大小小的碰撞，在爭鬥的卻是雙方命卜二脈的大能。

暗湧就來自於這個，就像修者的命運原本難測，但是命卜二脈的高層出手也不見得不能夠測算，一旦被這樣盯上實則是後患無窮的，最簡單的就是行蹤會被預測。

所以，就跟歷史上一樣，當修者圈子的大戰來臨時，一般先動手的絕對是命卜二脈，他們或許不會參加直接的戰場，但一開始的暗戰絕對是他們，掩蓋與測算。

「一個半月了，原本預測的大戰不是一個月左右嗎？」我沒有走出修煉的洞穴，卻是在心中默默的計算著日子，在今天的藥膳結束以後，我忍不住問了一句。

「是啊，一個半月了。其實，楊晟並非一般人，如果他存心要拖延是有很多辦法的，你看到的是命卜二脈的暗戰，實際在外界各種的動作也很多，只是雙方很克制，遇見對峙的情況，一般都是各自散去了。我們只能等，等到楊晟拖不下去了為止。」秋長老的神情淡淡的，一邊在為我收揀著，一邊在和我說著。

「這些情況為什麼不告訴我？」我追問了一句。

「因為老掌門說讓你安心修煉，這些小事就不要讓你勞心了，只因為你就是最大的祕密。」秋長老停下了手中的動作這樣告訴我。

「楊晟為什麼會拖不下去？」我沒有去問我為什麼是最大的祕密，只是好奇楊晟為什麼會拖不下去。

「情報是如是說，但具體的原因誰也不知道。」秋長老輕歎了一聲，誰都明白，或許死並不可怕，可怕的只是等死的過程。

我默然，簡短的對話也就到此結束了，在修煉的日子裡，除了與秋長老或許有幾句對話，我幾乎都快忘記我會說話了，在洞穴內甚至感覺不到冷暖季節的變化，有一種時間的凝固感。

原本修煉是感覺不到寂寞的，只不過我有一種不適應，因為這些日子，陳承一的意志再也沒有出現過，曾經預料到他的意志必然會徹底的被壓制，然後消散，如今好像真的如此了，不適應的倒是我。

畢竟比起我寥落的回憶，他的回憶就太多了，那些回憶融入其中，讓我有時候有些恍然，我到底是道童子還是陳承一？

剩下的不同只是兩個人思想的不同罷了，這個無法改變，因為這個由意志決定。只不過，他是真的就這樣消失了嗎？

我無法探查，連他的傻虎也陷入了徹底的沉睡，上一次的吞噬好像還沒有消化完畢，對於我偶爾的召喚和探查情況，它也沒有任何的回應。

無意識的低歎了一聲，我從那書架上拿下一本古老的冊子，無論如何，只要大戰不開始，這修煉還是要繼續下去的。

轉眼，又是十天。快接近兩個月時間了，每天只是見到秋長老，從會議過後，老掌門就幾乎不來此地了，聽說是忙著佈置大戰，卻沒有想到的是，在今天還早的時候，老掌門來了。

我看了一眼洞穴中的計時沙漏，如果按照現在的時間算，不過是凌晨的五點，這個時候老掌門來做什麼？

但下一刻，我心下已經了然，站了起來，抖了一下身上的長袍，問道：「可是終於要開始了？」

老掌門沒有回答我，只是對我說道：「換一件衣服吧，畢竟是我雪山一脈的掌門，走出去這件袍子髒了一些。」

終於，楊晟是拖不下去了嗎？

第一百八十七章　戰場

我以為我會很平靜，可是事到臨頭忽然發現我有一些緊張，這緊張是來源是什麼，我不知道，但能篤定的絕對不會是害怕。

披上老掌門為我準備的新袍子，在繫腰帶的時候，手有些微微的顫抖，大戰會進行多久？一天，還是兩天？

畢竟是人為的戰鬥，我不認為這種劇烈的碰撞會持續多久，但就是這麼短短的時間，很多人的命運，甚至整個世間的命運都將會被改寫。

我很快就換上了新袍子，又整理了一下儀容，然後隨著老掌門走出了這個洞穴。

和往日的山門不同，當我走出洞穴的時候，看見的不是往日來人來人往，雖然算不上熱鬧，但也充滿了人氣的山門，迎接我的是一個沉靜到了極點的山門。

並不是沒人，而是所有的人都分列在了兩旁，目光複雜的看著我和老掌門。

這些人的面孔大多年輕，雪山一脈號稱有二十八位大長老，還有三十六位長老，放到俗世間全是大能級別的存在，如今在這裡，只是剩下了六位大長老和十位長老。

其中，就有陳承一初入雪山一脈，那個帶著老狐狸笑容一般的長老，此刻他的面容也神色複雜，少有的沒有再掛著笑容。

我心下了然，一面與老掌門走下階梯，一面問道：「這些就是要留下的人嗎？」

「是啊，再少，雪山一脈的根基恐怕也會被破壞。畢竟這場大戰過後，你若順利歸來就會發現，雪山一脈有自己的重任在身，這根基萬萬不能被破壞。除我之外，還有兩位閉關的太上長老執掌雪山一脈，你大戰歸來，或可一見。」老掌門在低聲和我訴說道。

說話間，我們已經走過了一列列的弟子身旁，而那位帶著笑的長老卻是默默的跟在了我們的後方。

「掌門、老掌門，有我在，雪山一脈的根基就不會被破壞。如果遇到了最壞的情況，雪山一脈被選撥而出的弟子連同其他被選撥而出的正道弟子，就會被送往老掌門選定的祕密地點。相信假以時日，也會為我正道注入新血，不會讓邪道稱大。」那位長老低聲的對我和老掌門交代道。

畢竟在會議中這件事情被列為了最高機密，總是要找一個妥帖的人來做才是。

原本與我前行的老掌門在這個時候停下了腳步，轉頭望著他，說道：「原本你是強烈的請願參加大戰，我拒絕了你，萬望你心中不要有委屈，說起你的修煉倒也罷了，但這雪山一脈上下的打點總是你出力最多，也是打點得極好，雪山一脈少了你是不行的。何況是在這種局面之中，更要你……」

老掌門的話沒有說完，這長老已經深深的鞠躬，說道：「老掌門不用再說，我心中自然明白。有我在一天，這雪山一脈上下依舊會被打點得極好，雪山一脈的根基也不會動搖。」

老掌門點點頭說道：「那就好，我等可去放心一戰了，而這背後更重要的原因，我想你心中更加明白，在此就不必多說了。」

說完，老掌門轉身就要走，而那長老的目光停留在我的身上，竟然莫名的紅了眼眶，然後說道：「我自會好好輔佐新任掌門，老掌門放心便是。」

這一句話並沒有得到老掌門的回應，這一次他也沒有走在我身後，只是帶著我前行，留下的是一串豪爽不已的笑聲。

「老掌門，你為何要留下這樣的交代？」我再傻，也聽出這其中有遺言的意思。

「呵呵，這一次大戰我等老傢伙的生機微小，幾乎可以忽略，總是要交代清楚才會好一些。」老掌門的聲音中並沒有任何的畏懼，平靜得就像在告訴我今天中午吃了什麼一樣。

相比於陳承一，我是一個不懂表達感情的人，面對老掌門這般的說法，雖然心中感動亦心酸，也不知道該說什麼？

在沉默中，轉瞬兩人已經走出了山門，這個時候是十月的天氣，已是高原無人區的冬，一走出山門，凜冽的寒風就吹起我身上的長袍，天空細細碎碎的雪花落下，山門外的草原被薄薄的覆蓋了一層，已經是下雪了。

看見我和老掌門走出山門，一直倚在一輛越野車前的珍妮大姐頭收起了手中的酒壺，說道：「就等你們了，該出發了。」

在這個時候山門外整齊的停了好多輛越野車，一眼望去也數不清楚，而在車外所有人都站著，看起來也就是要參戰的幾百人了。

沒有戰前熱血沸騰的宣誓，也沒有戰前那種壓抑的氣氛，一切很平靜，甚至那種鐵血的感覺都沒有，就像一件命運中必然要去做的事情，那就這樣去做了一般隨意。

唯一陪伴的只是天上飄落的雪花，到那個時候，鮮血會染紅這樣的潔白吧。

面對珍妮大姐頭的話，老掌門沉默的看向了我，在這裡我是真正的掌門，我知道該我來說那一句話，所以我也只是看了一眼大家，說了一句：「出發吧。」

聲音不大，但足以讓這安靜山門外的所有人都聽見，各種的安排早已經做好，在我這一句話以後，所有人都紛紛上車了。

我和老掌門單獨坐一輛車，在車上老掌門對我說道：「無人區的很多地方不是車輛可以穿越的，在這之前，已經有人趕了馬群過去……」

他在對我交代著一些瑣事，看起來也是沒有話找話這樣說，雖然表面的氣氛平靜，實際上每個人的心中又怎麼可能徹底的平靜？

越野車穿越了雪山一脈真正的地下密道，這是雪山一脈的祕密，按照老掌門的說法，在大戰以後雪山一脈將要洞開山門，這樣的祕密也就不用守住了。

我在車上閉目養神，莫名的覺得這一場大戰將會帶來巨大的變故，但到底是什麼？我弄不清楚，可我也不認為這個感覺會是錯的，只因為我非常相信自己的靈覺。

無人區的路之前還好走，但走到了一定的地方，車子的前行果然就變得艱難了起來，大概車子在行駛了幾個小時以後，我們就都紛紛下車，換乘了馬匹。

就如老掌門所說，早有雪山一脈的人，在這裡安置好了馬群，一時間，幾百人紛紛上馬，幾百人的馬隊策馬奔騰在飄雪的天地之中，有一種說不出的悲壯與蒼涼，因為這一趟的目的地，也許就是死亡之地。

隊伍的氣氛很沉默，我和老掌門策馬在前方，這批經過了訓練的馬匹，很是順利的攀登過了一條雪山的山脈，在這個時候，天空已經漸漸變暗，但地平線又再次出現在了眼前。

那是一片被白雪覆蓋的草原，由於只是初初的幾場雪，還有枯草的地皮裸露在外，顯得在寥落中有一些寂寞的感覺。

「駕」，看了一眼眼前的茫茫草原，在那盡頭處的模糊山脈，我知道就是這裡恐怕就是將要發生大戰的地方，這一片草原應該在不久以後，就會被鮮血染紅，心中莫名升騰起異樣的感覺，第一個策馬衝了出去。

現在，需要的可能只是一往無前的勇氣，而在我身後接連不斷的策馬聲響起，接著密集的馬蹄聲奔跑在這片草原，就如同戰鼓，漸漸讓沉默的氣氛活了起來，熱血在這個時候，終於開始慢慢沸騰。

越來越近的山脈，越來越大的風，茫茫的草原，在策馬奔騰了將近一個小時之後，終於要到了盡頭。我看見了那個在地圖中看到的地方，那個立於山脈之前的寥落山坡，而那個孤零零的小小寺廟也慢慢出現在了眼裡。

我一下子勒緊了韁繩，停下了馬匹，大戰的地方就將在這裡！

按照計畫，我們將先於楊晟一行人幾個小時到這裡，自然是從另外一條路，因為我們要提前佈置，實際上從力量上來說，多了楊晟、吳天這樣的人物，正道的勢力是要稍顯弱勢的。

何況A公司一向神祕，它們隱藏著什麼力量，我們並不知道。

這只是笨鳥先飛的辦法，靠的還是命卜二脈之間的暗戰，這時間必須要掐算好，如果來得太早了，那邊的命卜二脈和情報人也不是吃素的，太晚了還談什麼佈置？

從現在寂靜的草原來看，一切還算順利，過幾個小時以後，楊晟一行人也該到了，那個時候就是真正的大戰。

雪好像下得更大了一些，風也吹得更加猛烈了一些，在風雪之中，我忽然放聲大喊了一句：「佈陣！」

第一百八十八章　天罰之陣

一聲佈陣以後，回應我的是呼嘯的風聲，在細碎的雪花打在臉上的時候，我聽到了近乎整齊的下馬之聲。

接著，所有人鬆開了手上的韁繩，每一個人都用力的驅趕了身邊的馬匹，大戰將起，這批馬兒若能回到雪山一脈，那就回去，若是不能，放牠們自由也是好的。

我調轉了馬頭，看見的是幾百匹奔馬四散奔騰，鐵蹄之下薄雪飛舞，所有人都四散而開，相字脈的人開始拿出手中的法器佈陣，每一個陣位之人，都開始自覺的站在自己所屬的位置。

這番大陣，是雪山一脈壓箱底的陣法，名字大氣磅礴，是為「天罰之陣」，具體的我瞭解不深，老掌門也諱莫如深，只是說這陣法既然引來真正的天罰，因人之驅，引天罰，原本也就是逆天的，到了必要的時候需要獻祭，而這大陣的陣眼，將由老掌門和珍妮大姐頭來主持。

天罰，需要獻祭？風呼嘯的吹起了我身披的白色斗篷，那風聲好像在隱隱的悲泣，為即將到來的慘烈而傷心。我知道，到了關鍵的時刻，這批正道的老人會毫不猶豫的獻祭，而天罰之陣，究竟有怎麼樣的威力，需要如此多的正道元老來共同佈陣，讓人難以猜測。

我心中說不出是怎麼樣的情緒，在沉默中我也翻身下馬，撫摸了一下所乘之馬的脖頸，最後揚起了手中的鞭子狠狠落下，馬兒吃痛仰天長嘶，最終馬蹄翻飛，追隨著牠那遠去的同伴，朝著茫茫草原的那頭奔騰而去。

我一把揭開了頸上披風的繫繩，薄薄的白色披風一下被狂風揮舞著，飄向了遠方的天際。

看了一下飄飛的披風，我的目光落在了眼前的眾人身上，天罰之陣，需要準備的就太多，除了必要的由相字脈來佈陣，花費大心血以外，每一個陣位的對應之人，都需要拿著雪山一脈提供的與陣法對應的法器，然後在入陣之時，就開始行使一個可以稱之為祕術的法術。

這法術如果單獨使用沒有任何的威力，唯一的作用就是引起法陣的共振，然後已身與法陣相連，徹底的啟動大陣。

可以說這個法術就是與陣法配套的法術，是驅動整個大陣的前置法術，而這個法術完畢以後，大陣才會被完全的啟動，可這並不是結束，大陣開始使用時變化萬千，每一個人都有一套獨特的步罡配合大陣不同的運轉威力。

這樣的繁瑣複雜簡直聞所未聞，就連在我原本的那個世間，一個陣法能有配套法術的都不多。有的全部都是真正的頂級陣法，甚至是傳說中的陣法。

看著雪山一脈拿出這樣一套陣法，我再次為這個今生所在的神祕世間感覺到驚歎，這不是一個修行凋落的世界嗎？怎麼感覺像隱藏了如此多的祕密？

老掌門就站在我的身邊，告訴我現在就開始早早的準備，除了相字脈的佈陣以外，那套前置的啟動法術，也是一套漫長而繁瑣的法術，需要的施法時間很長，按照時間來計算，從開始到最後一個人都做完法術，預留下的時間剛剛夠。

這也是聞所未聞，有一句話叫「天下武功，唯快不破」，這句話用在修者身上也同樣適用，在鬥法的時候，誰的天分更高，就比如說靈覺強大，溝通得越快，意味著施法越快的時候，誰就占盡了優勢，需要幾個小時來施法的，威力再大都可以視之為雞肋了，我心中有一些擔心，問身旁的老掌門：「時間真的夠嗎？」

老掌門意味深長的看了一眼遠方，說道：「既然決定要動用這套天罰之陣，那一定就是做足了準備。面對楊晟那邊人的不可預料的戰鬥力，我已經想不出來有更好的辦法了，只能利用這陣法的優勢來平衡雙方戰力的不足。」

這個時候在風雪之中，珍妮大姐頭也朝著我和老掌門走了過來，不知道什麼時候她又拿出了她那個小酒壺，走到我們身邊以後，擰開喝了一口，對著我說道：「承一，你就不應該有這方面的疑問，在這種時候，能夠扭轉逆勢的就只有這個天罰之陣了。那個門派拿出來的頂級陣法，沒有哪一個不是驚天動地的，可是能夠佈陣的人在這個世間卻是寥寥無幾，而且佈陣的條件什麼的，要求也苛刻之極，唯有這天罰之陣，是我們目前能有的陣法，說起來它的要求也夠苛刻的，竟然需要四百九十名功力百年以上的真正大能！這個換哪個門派單獨之力也不可能做到，就算集好幾個門派的力量也不可能。」

說話間，珍妮大姐頭又喝了一口酒壺中的酒，有些像小女孩一般調皮的朝天呵了一口白氣，然後饒有興趣的看著白氣在空中散去。

好像現在在整個戰場之中，就只有我們三個人最閒。

畢竟大多數人忙著佈陣，而以慧大爺和另外一個武僧為首的一撥人，正圍繞著一個怒目金剛在佈置他們的陣法，而那邊凌青奶奶帶著一群巫蠱之人，也不知道在忙些什麼，我看著凌青奶奶在分發一些東西。

在另外一邊，是由陳承一的陳師叔帶著醫字脈的人，在檢查各種他們的丹藥和法器，而跟隨而來的少數命卜二脈的修者最是神祕，他們也是在佈陣，在這風雪之中，竟然拿出了有半人高的銅燈盞，也不知道在做些什麼？

嚴格說來，這個戰場中還是有其他閒人的，就比如老李一脈的弟子，還有陳承一的那些夥伴，只不過他們跟隨在了各自師傅們的旁邊，顯得不是那麼閒的樣子。

就算路山也帶著陶柏，被一個雪山一脈的長老叫住，在不停的詢問著什麼。

老掌門的目光深沉，望著整個正在忙碌佈置的戰場，悠悠說了一句：「但願來得及……」

我自然的以為他說的是這個天罰之陣，在那邊我看見了一個陳承一的熟人小北也在，他也是佈置陣法的其中一人，此刻他揮舞著一隻手，大聲喊道：「第三百九十六陣位完成，持陣之人歸位。」

在他的喊聲之下，一個看起來很是強壯的老年修者，手持一個陣印，大步邁向了那個陣位，和之前那幾個最開始入陣的人一起，開始念誦起晦澀難懂的口訣，就是以我的功底，也一時之間聽不清楚這段口訣到底是什麼。

我沒有注意到的是，在不遠處那尊巨大的怒目金剛法相已經被豎立而起，慧大爺和另外一個武僧，帶著一眾武僧，此刻正在焚香誦經。

雪飄得更大了，在此刻一個同樣穿著白色衣袍，戴著一個簡單面具的人不知道什麼時候出現了，他也不說話，只是默默的走到我的身邊，就站定不動了。

在這熱火朝天的戰場佈置中，我的心情原本就有些鬱悶，不管是一開始的會議還是現在的戰場，都從來沒有人和我說過我要做什麼，只是告訴我，我是這場戰鬥中的變數，就沒有了多餘的資訊，讓我感覺自己就像一個置身事外的閒人。

在此刻還忽然出現這麼一個怪人，那感覺就像保護我似的，我心中一下子充滿了某種怒火。

我的性格一向淡然，更不會在乎這種細微末節的小事，在原本的看法中，只要需要我就盡力去做就好，也不知在這個時候是受了整個戰場氣氛的影響，還是到底受到了陳承一人格的影響，我終於是沉不住氣，看著老掌門低聲問了一句：「這是誰？」

「這是要緊跟在你身邊的人。」老掌門回了一句就像沒回答的廢話一般的話。

「老掌門，在這場戰鬥中我到底是要做什麼？難道只是一個精神領袖？我自問到如今我也沒有這樣的氣場。若是要指揮戰鬥則更加不可能！我沒那份才能，到現在你還瞞著我嗎？」我的語氣不由自主的就帶上了情緒。

「不是瞞著你，而是瞞著對方的人。這是你師傅叮囑的，也是我的看法，有些事情藏在心裡更加穩妥。一旦說出來，說不定就被對方給知道了，你要等，而到時候你面對的戰鬥或許比誰都慘烈。這是旨意……上天的旨意，誰讓你繼承了你師祖的命格呢？你也要繼承他的責任，至少要把他帶到！」老掌門輕聲的說了一句。

什麼意思？我不懂……只是風聲持續的響徹在耳邊，雪花漸大，就要迷了人的眼睛。

第一百八十九章　碰撞的火花

我沒有追問老掌門什麼，他已經表明了態度，有些事情就如同最深處的祕密，不到發生的時候，就算爛到了肚子裡，也不會說出來。

而我要得到的答案其實已經得到，那就是我在這戰場中不是無用之人就好。

在這個時候，風亦吹起了老掌門身上的披風，讓他整個人都顯得有一股英雄到了最後一戰的滄桑之感，也是莫名的他忽然拉著我，一下子遙指著那片山坡的孤廟，對我說道：「就是那裡，最好不要被洞開，一旦洞開，所有的重擔在那個時候都會壓在你的身上，你要記住，在這下方永遠有我們為你守護。因為，往往希望的不一定能夠成為事實，就好比我希望它不要被洞開，但是它是必然會被開啟的。」

老掌門的神情變得前所未有的嚴肅，我感覺到了他語氣中的沉重，我的目光落在了那山巔的孤廟上，在嶙峋怪石和淒淒枯草之中，有一條蜿蜒的小路通往它，而這樣的一座孤廟，到底又隱藏著什麼最終的祕密呢？

我只是有一點點好奇祕密，卻不在乎到時候會有什麼壓在我的身上，我看了一眼老掌門，只是問了一句：「我到底要面對什麼，這個可以說出來嗎？沒關係，我只是好奇。」

「面對什麼？有很大的可能，是單獨面對楊晟……」老掌門的聲音變得悠遠，雪花落在他的白髮上，隨著他的白髮一起飄揚，卻也掩蓋不住他的憂慮。

楊晟為了不驚動昆侖，壓制了自己的力量，他是一個最大的未知，最終卻是讓我單獨來面對，他如何能夠不憂慮？

「那好，那就面對楊晟，我和楊晟終究一戰。」在這個時候，這番話從我的口中脫口而出，這根本不是自己想要表達的，卻不知道為何一下子就覺得我該說這個話。

是他，是陳承一……我以為意志可能已經在無聲中被磨滅了的陳承一。

我整個人一下子愣了一下，用幾乎是低不可聞的聲音喃喃自語了一句：「你終究是不肯錯過這一場大戰嗎？」說話間，我的眼光不由自主的看向了遠處，那一邊是凌青奶奶帶領的一群人，如雪就在其中，依舊是獨立於世間一般的神態和淡淡的表情。她可知道，在這一刻陳承一還在？我該告訴她，給她一個最後念想嗎？

想著最後一刻，魏朝雨不可挽回的倒在我懷中的瞬間，我覺得我應該這樣做，可是腳步還沒邁開，卻是看見老掌門的身體輕輕震動了一下，珍妮大姐頭一下子收起了手中的酒壺，望向了遠方。

「果然啊……」老掌門的神情在此時沒有半分的沉重，卻是有了一種果然如此的輕鬆。

我的目光不由自主的也跟隨著他們望向了遠方，在這個時候，我發現一些有著舉足輕重地位的人也同時望向了遠方，包括雪山一脈的幾個大長老、我的師傅還有慧大爺。

然後他們默默低頭，又開始做著自己的事情，彷彿什麼都沒有發生過一般。

可我卻在此時聽見了清晰的馬蹄聲，由遠及近快速朝著我們所在的方向移動，人未到，聲先至。在這個時候，一個熟悉的聲音用道家的吼功傳來了一個絕大的聲音：「陳承一，當年你在荒村成為我唯一一個託囑之人。如今，到了此間，卻是你我註定一戰，可當日你連面對離別的勇氣都沒有，如今就有勇氣一戰？」

是楊晟？我的眉頭一下子皺起，不是安排還有幾個小時的準備時間嗎？為何？如今在這裡，我身上也沒有一個計時的工具，但大概也知道，到現在時間不會超過一個小時，在我眼前的天罰之陣，進入陣中主陣之人還未超過百位，陣法遠遠沒有完成，為什麼楊晟就來了？

他的聲音迴盪在這片茫茫的草原，很多人是和我一樣的反應，在茫然中有些驚慌，為什麼篤定的事情，忽然就發生了變故？

但好像早已知情的那些人，就如老掌門和珍妮大姐頭，還有剛才那幾位，卻是依然表情平靜，彷彿楊晟到現在不出現才是奇怪的。

而楊晟的聲音還在繼續：「陳承一，你倒是回答我一句啊？你憑什麼做我宿命的敵人？憑什麼說那好，那就面對我……」

在這個聲音的伴隨中，遠方草原的地平線和茫茫的風雪之中，一匹單騎一下子衝出了風雪，出現在了遠方的地平線，身下原本就是一匹壯碩的大馬，卻是在那高大的身形襯托之下，連馬兒都顯得小了很多。

距離雖然遠，但是我憑直覺就知道那是楊晟，在這個時候，珍妮大姐頭跳上了那個山坡下的一塊大石，大聲說道：「該做什麼還是做什麼吧，戰鬥之前就說過，任何的變數都不要影響自己該做的事情。」

能走到這個戰場的人，哪一個不是修者圈子中呼風喚雨的大能？而能活到這個歲數，擔上大能之名，誰又沒有經歷過幾次鬥法？心境絕對不是年輕一輩可比，就算夾雜在其中的少許年輕人，也都是修者的精英，又豈是普通之輩？所以，珍妮大姐頭的一句話讓所有人都立刻平靜了下來，開始做著手中的事情。

風雪中的楊晟一人一馬還在朝著我們前行，大有一種睥睨天下英雄的姿態，我也不知道是什麼讓他底氣如此之足？

卻在這個時候，我的身體不由自主的就快步走到了珍妮姐之前所站的位置，一躍而上跳上了那塊大石，功力運轉，也是同樣的吼功一下子輾轉喉間，我脫口而出說道：「楊晟，當日不願意面對的離別現在看來只不過是早有預兆，原來不捨的只是當年的楊晟，而不是現在的你。只是沒想到，你還會用當年的情誼說事，是你沒有勇氣一戰嗎？你若非要問我，我只能回答你，面對如今的你，我沒有絲毫的壓力，一戰又有何不可？」

我的聲浪也滾滾的在這個草原上迴盪，珍妮大姐頭已經跳下大石，倚在石頭邊上，默默點起了一枝香菸，煙霧繚繞間，她淡淡說了一句：「這小子功力見長，差點兒把我的耳朵震聾了。」

珍妮大姐頭倒是沒有亂說，我的今生原本也是一個極有天賦的人，加上我的甦醒，靈覺再次見長，多次的戰鬥也錘煉了靈魂力，以前只是受到了環境和資源的影響，在過往的將近兩個月時間內，得到了雪山一脈無限制的資助，如果沒有明顯的進步，那才是怪事。

更何況，最寶貴的是那些戰鬥過的磨礪，在沉澱一段時間後，會在這場大戰中綻放出驚人光彩的，而功力有時候也不是一場戰鬥的決定性因素，現在我今生這具身體的能力還是讓我比較滿意了，至少能讓我發揮大半，和楊晟又有什麼不可一戰？

「嘶」，回應我的是一聲驚天動地的馬嘶吼聲，在我回答以後，楊晟原本還在快速奔跑的馬，一下子被他勒住了韁繩，在這種衝擊力下，是馬兒吃痛發出的聲音。

我只是很詫異，在陳承一的記憶中，楊晟就是一個厲害的「殭屍」，可能到了屍王的級別，為何還會法術了？甚至連道家的吼功也不陌生的樣子！

而在這時我也反應過來了，剛才是陳承一又回來了。

楊晟停下了，而在他身後馬蹄聲還不斷傳來，在此刻雖然隔著極遠的距離，我也知道楊晟的目光落在了我的身上。

在這一瞬間，彷彿所有我和他之間相距的空間都在不斷破碎，不斷拉近著我和他的距離，而所有事物彷彿都靜默下來，整個天地之間只剩下了我和他。

我們的目光、身體、靈魂……彷彿一切都在碰撞！無聲的火花出現，把這一片陰暗的天空剎那照得火紅。

「哈哈哈，陳承一，我曾經不滿，為何你能與這樣狀態下的我一戰，你配？但現在看起來，你還沒有失去你那愚昧的勇氣，那就一戰吧，到那個時候，你終究會認為你錯了，而我的憐憫將會照耀你。」停下的楊晟，聲音再一次的傳來。

而在他的身後，彷彿出現了一條長長的黑色地平線，帶著驚人的馬蹄聲，朝著好像孤單立於天地間的楊晟快速靠近。

他還沒有放棄讓我認錯的想法和想要我認同他的決心，原來這就是楊晟最後的天真和最後的感情嗎？我莫名有些心傷，有一種什麼都不想再說的寥落，我看著楊晟，甚至沒用吼功，只是淡淡的用自己才能聽見的聲音說了一句：「那就一戰吧。」

說話間我跳下了大石，但在這個時候我聽見很明顯的嘩啦一聲，轉頭看見是之前還在焚香誦經的慧大爺，一把扯開了衣服，露出了精壯的上身。在這個時候我看見慧大爺的身上竟然佈滿了紋身，他沒有說話，頜下的鬍鬚在風中飛揚，身上肌肉無聲的漸漸隆起。

「還好……來得及。」老掌門忽然這樣說了一句。

原來，他一直在等的根本不是天罰大陣，而是慧大爺他們做好一切的準備。

彷彿看出了我的疑問，老掌門望著我說道：「不要忘記了剛才楊晟的話，他問你憑什麼面對？你剛才不是才說過一句那好，那就面對嗎？」

我心中一冷，楊晟組織的二號人物，那個神算！

第一百九十章　盛放血之花

可是，我猶自還是不敢相信，那是憑什麼能算出我說過了什麼話？

老掌門的目光並沒有停留在我的身上，而是看向了慧大爺那邊，又看了看楊晟那邊，然後說道：「命卜二脈的人在運用一些卜算的祕術時，能算到一些什麼，有時候連他們自己也不知道，或者是一個關鍵的物件，或者是一句關鍵的話。而越是靠近被卜算之人，感受到那個人的氣場越強烈，算到的東西也就越是精確。這也就是很多命卜二脈的人在推算時，特別是做精確推算時，需要本人在現場的原因，算出你一句話，對於某些真正的高手來說，也算不得什麼。」

說完這一句話以後，老掌門沒有再說話了。

而我卻是想起，陳承一和他師傅一路逃亡的過程中，好像行蹤被人時時掐算的事情，那個小隊長的對話，那個神祕的聖祖之下，聖王之上的人物。

「你知道他是誰嗎？」我的聲音有些低沉，這個沒見過面的敵人就像心中的一根尖刺，比明面上的敵人更加可怕。

想到這裡，我不禁望了一眼不遠處楊晟所在的位置，那如同洪流一般的黑色鐵騎、那長長的地平線、白色的面具，每一個都像是那個躲在暗處陰笑的神祕人物。

「他是最神祕的存在，我亦不知道……」老掌門的長長白髮被風吹起，他的聲音平靜亦滄桑，在他目光所及之處，慧大爺高高揚起了一隻手，緊握的拳頭就如同在宣誓一般。

「要開始了……」老掌門的聲音帶著一種說不出的憐憫，輕輕的說出了這一句話。

而與之對應的是慧大爺握著拳頭的手臂，忽然重重落下，相比於老掌門這一句輕輕的話，他的手臂落下的是那麼重，彷彿帶著一絲破空的聲音，決絕而堅定。

「啊……」將近百人的武僧隊伍和修者中神祕的體修，忽然一同發出了如同宣誓一般的仰天長嘯。

紛紛如同明志一般的扯落了自己上半身的衣服，裸露的肌肉和下身飄揚的長袍，慧大爺的聲音平靜的在其中：「第一場是我們的，為天罰之陣爭取時間，絕不後退。」

說到最後一句絕不後退的時候，慧大爺的聲音陡然變大，帶著一種說不出的渾厚低沉，如同打在人身上的戰鼓。

「絕不後退……」所有人一起嘶吼，在他們的上空飄揚而下的雪花，彷彿都被這股氣勢所折服，紛紛四散開去，並不敢落下。

「師傅……」在這個時候，慧根兒走了過去。

慧大爺看著慧根兒，眼神中充滿了慈愛，然後對他說道：「去，到你該去的人身邊去，這一場是師傅的戰鬥。」

淚水無聲的從慧根兒的眼中滑落，可是好像頃刻之間的成熟，慧根兒就這樣看了一眼慧大爺，然後轉身朝著我走來。

這是？我覺得好像在場只有少數人才知道這場戰鬥真正的安排，慧大爺和慧根兒都是其中之一，但我卻不知道。

慧根兒在風雪中一步一步朝著我走來，臉上的神情從悲傷變得平靜，從平靜變得堅定，望著我就像看著最終的路。

「他，將是陪你一路衝殺之人，註定是站在你的身邊。」老掌門的聲音也平靜無比，沒人給我解釋什麼，到現在也無需解釋什麼，就像站在我身邊的神祕白袍人，我亦不會追問他是誰了。

我心化作了這個戰場，只需要知道的是，到時候我該做什麼？

慧根兒走到了我的身旁，幾乎是下意識的，我張開了手臂一把抱住了他。

「哥，我將陪你走到最後的那條路。」慧根兒在這個時候，成熟得彷彿已經不是他，沒有悲傷，而是宿命般的決絕。

「是的，一直走到無法再走下去，也不會放棄。」我的拳頭重重在慧根兒背上敲了幾下，胸腔發出沉悶的迴響，傳遞的只是信心。

在漫天的的飄雪中，我分不清楚我是道童子，還是陳承一。

「刷」「刷」「刷」，整齊的腳步聲響徹在這個戰場，在不遠處，慧大爺白鬚飄揚的走在最前方，在他的身後是一群和他一樣裸露著上身的男人，他們的身體滾燙，因為飄落的雪花一落到他們的肌肉之上，就化作了水，而過不了多久，水就化作了蒸汽，每個人熱氣蒸騰，如同行走在大霧之中。

「嗚嗚……」低沉的聲音響起，之前和慧大爺站在同一個位置焚香誦經的那個武僧，沒有前去，他坐在了那個怒目金剛的佛像面前，發出了怪異的聲音，就像是一場神祕儀式的前奏，然後開始念誦似是經文，又不似經文的怪異的聲音。

那尊怒目金剛在念誦之下，彷彿慢慢的開始散發出或許我們並不察覺的光芒，它好像活了。

凌青奶奶帶著巫蠱之人走了過去，在她身後無聲地站出來了將近二十個人，這些人的皮膚都有些乾枯，臉上畫著神祕的圖騰文，然後都站在了那個武僧的身旁，開始如同舞蹈一般的行走跳躍，也是各種怪異的聲音從他們的喉中發出。

「若論念力，唯巫之一脈最為出色，這也是我第一次看見，我中土的佛家與藏傳佛家，外加巫之一脈，共同聯手。這簡直是一場盛事，今生得見，雖死無憾。」老掌門說到這裡，忽然放聲大笑了起來。

或者，對生死我沒有老掌門看得如此透徹，做不到他的這份瀟灑，望著那些伴隨著念誦之聲，步步朝著楊晟一方前行的背影，我竟然有一種想要落淚的衝動，但終究只是化為了喉間的一聲歎息。

「刷刷刷」，腳步聲開始變得越來越快，越來越急，與之相伴的是念誦的聲音也越來越急，陳師叔臉上掛著微笑，彷彿寫著無限的慈悲，忽然也站了出來。

他的姿態是那麼瀟灑，雖然和承心哥的樣貌完全的不同，此刻卻好像是另外一個年輕時的承心哥，我以為承心哥春風般的微笑是從哪裡來的？原來還是一種「傳承」。

也許隨著歲月，陳師叔已經漸漸的不復這種姿態，可是今日，他回歸到了年輕時候的崢嶸爭鬥之歲月，那個時候的他再活了過來。

這一群醫者衣襟飄飄，神態慈和，彷彿閒庭信步一般的走在戰場，走到了天罰之陣的前方，然後盤膝坐下，接著我看見每一個人都從懷中掏出了幾個類似於人形的土陶，放在了自己的面前，接著就是平靜的望著前方。

我心中知道這是要做什麼，他們亦準備了犧牲之心，這是另外一種首當其衝，承心哥站在後方，默默的看著自己師傅的背影，嘴角扯著似乎想笑，終究嘴角不能上揚，他轉身，走向我的身影有一些寥落，又有一些頹廢，平日裡整齊上梳的頭髮，化作了凌亂的瀏海搭於額前，復又被風吹亂。

他停在我的身邊，終又是笑了出來，卻不是那春風吹來的感覺，而是帶著一種慘澹，拿出了一枝菸叼在嘴角，點燃深吸了一口，煙霧繚繞中，他對我說道：「剛才目送了一下老爺子，接著該伴隨著你走了。」

我沉默的從他的嘴上拿過了菸，也是深深吸了一口，這是我第一次觸碰這個世間中叫做菸的東西，因為之前的陳承一已經習慣，所以煙霧入喉，我也沒有什麼排斥的反應，反而有一種平靜而麻痺的舒服。

我淡淡的拍了拍承心哥的肩膀，他對我一笑，然後再次拿過了我手中的菸，倚著大石不再說話。

為我們鋪陳的路啊？在何方……身後那條通往寺廟的蜿蜒小路嗎？

最尖銳的矛已經揮舞而出，慧大爺就是那個矛頭，在風雪之中的楊晟卻依舊是靜靜的立馬當前，只是忽然之間的就舉起了他的手，在他身後，那道黑色洪流忽然開始變矮，那是他身後的人翻身下馬。

「戰場怎麼可以不見鮮血……」在這個時候，一人一騎慢慢的踱到了楊晟的身邊，聲音中充滿了一種對世間的冷漠和默然，彷彿他不是那世間的人，這個聲音是，吳天……

我瞇著眼睛，看著特意用吼功傳話和提升氣勢的吳天，然後我聽見了無數人慘烈的嘶鳴。

血花盛放……

第一百九十一章　戰歌

幾百匹的馬竟然被同時的殺掉，噴濺的鮮血、慘烈的嘶鳴、彷彿瞬間紅透的天空，就是這朵血花的盛放之根。

我看不清楚是誰先動手的了，或許是那幾百人一起動手，狠狠的擊向了馬兒的脖頸，瞬間的爆裂，只是來得及發出一聲慘嘶。

最潔白的雪，最豔紅的血……我沒有想到戰場的第一波鮮血竟然是這些馬兒的。

血花落下，落了那些黑衣人一頭一身，在風的呼嘯下血腥味開始快速的散開，一下子就瀰漫在了整個戰場。死亡，能激發人心底無限的憐憫和慈悲，同樣也能激發人心底無限的暴戾和凶殘。

那些鮮血如同血雨一般落下的時候，那一群黑衣人忽然發出了野獸一般的嘶吼，彷彿是被啟動的凶殘的獸，伴隨著鮮血升騰起的無限怨氣，爆發出了無限的戾氣。

在這個時候，好像一切達到了楊晟滿意的效果，他輕輕的落下了手臂，好像在做一件天地間最輕描淡寫的事情。

然後，他身後的這些黑袍人動了，也是發出了腳步踩在薄雪上的「刷刷」聲音，朝著慧大爺為首的一群人而去。

一開始的慢行，到漸漸加快腳步，到了兩方人馬還有不到百米的距離時，雙方的人幾乎是同時的就陡然奔跑了起來，開始如同奔雷一般的快速靠近。

在這邊誦經的聲音仿若梵唱，那一尊怒目金剛似有所悟的光芒開始漸漸變得清晰，一種金色中夾雜著淡淡血色的光芒。

我那一刻想閉上雙眼去逃避這宿命的碰撞……可是，腳下的動作卻是躍上了那塊大石，雙眼開始盯著戰場的中央，在這裡誰都不可以逃避，而我是最該面對的一個，因為相同的命格和落於身上的重任。

我的目光平靜，看著兩方的人馬快速的接近，就如同一道黑色的利劍和一杆白色的長矛，最終碰撞在了一起……碎片飛揚中，然後快速融合，

沒有一個人吶喊，沒有一個人嘶吼，首當其衝的慧大爺遇見了楊晟那邊人馬首當其中的一個黑衣人，雙方無聲的揚起了拳頭，然後雙雙落在了對方的腹部。

動作很快，不閃不避，第一次的碰撞就應該這樣，接著一聲聲沉悶的「嘭嘭嘭」的聲音響起，如同最低沉的挽歌，終於把這個戰場拉開了序幕，那是拳頭碰撞肌肉，拳頭碰撞拳頭的聲音。

無聲得就像一場默劇，卻激烈得就像火山終於爆發。

接連不斷的誦經聲伴隨著巫家的祭祀開始變得激烈無比，失去了佛門的平和，卻像是唱起了戰歌，老掌門扯下了他的披風，開始立於天罰之陣的前方，大聲嘶喊：「畫陣之人，血祭……」

血祭，又是一次血祭，我看見那些埋頭畫陣的人平靜的抬頭，一個個舉起雙手，無聲的用特殊的手法掐訣，然後伴隨著前方最激烈的肌肉碰撞之聲，也發出了一聲聲沉悶的「咚咚咚」的聲音。

那是擊打在胸腔的聲音，伴隨著一聲聲悶哼，嘴角流出最豔紅的精血，然後被虔誠的抹在手中，化為了一個個畫在額頭上的奇異符號。

「相字脈佈陣之人，請天道昭示陣之紋路，在此血祭……」大聲說話的是王師叔，我是第一次看見玩世不恭，老是做出一副苦哈哈表情的他，用這樣鄭重的神情，就要開始獻祭。

每一個人的臉色都萎靡了下去，一大口心頭的精血啊，可是卻沒有一個人臉上有任何一絲情緒的流露，平靜得就像是一潭深深深深的池水，無風吹過，原本就該這樣安靜，血祭也是如此無風吹過之事一般理所當然。

承真丟下了手中的陣紋之筆，看了一眼自己這一次莊重無比的師傅，伸手慢慢抹去了眼中滴落的淚水，她也朝著我走來，我無聲的伸出手臂，一把把她攬在了我的懷中，她在我的懷中壓抑的哭泣，輕聲的叫了一句：「師兄，我會堅持下去的，我會的……」

我無聲的點頭，我明白她要堅持的是什麼，是最終陪伴我的路，雪花如同點點的背景，映照在我眼中的卻是最殘酷的戰場。

沉悶的，無聲的，倒下再站起的，站起再倒下的，一個個拳頭飛揚，一隻隻腳影交錯，最純粹的角力，突破與阻擋。

不需要嘶吼，節省的是每一分的力氣，鼓脹的肌肉、虬結的青筋、瞪大的眼睛、最無聲的吶喊。

第一個人噴出了鮮血，當自己的胸膛承受著重拳的時候，他的拳頭亦無聲的穿透了眼前敵人的腹部，沒有鮮血流出，翻裂開來的是變色的血肉，楊晟改造液體之下的結果。

碎裂的面具之下已經不似人臉，犬牙無聲的露著，這一種改造值得嗎？到底是為什麼？

盤坐的醫字脈，某一個人開始無聲的掐動手訣，極快的行咒，然後他的臉色迅速的蒼白下去，而身前的陶土人雕刻無聲的出現了一條裂縫。

換來的是噴血的勇士，再一次的勇往直前，無盡的支援，只要還有醫字脈的生命存在，這些勇士得到的就是無盡的支持。

在這種時候，再笨都能知道，每一個醫字脈的人都負責著幾個勇士，面前的陶土雕刻就是證明，當它們碎裂的時候，就是醫字脈用自己生命頂上的時候。

在天罰之陣的周圍，一盞盞巨大的銅燈開始被點燃了火焰，「轟」的一聲亮起，然後在風中發出燃燒的爆裂聲。

一股股無聲的氣勢開始流動，伴隨著的是一種閉眼就能感覺到的慈悲和憐憫的保佑，那是借運，利用祕法借來了天道的保佑，正道之人有這個資格，借來這樣的保佑。

儘管我分明看見，那些命卜二脈的人好像蒼老了幾分，但如此逆天，也僅僅只是如此，人善人欺天不欺……何況這是一群衛道的勇士。

承清哥立在人群之中，有一些落寞的樣子，看著熊熊燃燒的銅燈，眼中有著無限的哀思，這一次是他轉身朝著我走來了，臉上有疲憊有滄桑。

我看著他，他望著我，然後他對我說：「承一，我沒有師傅可以告別，但我很開心他安靜在了想要的長眠之地，可這畢竟不是代表他沒有自己想要做的事，我帶來了這個，他的幾分力量，他臨死前固執的要我這麼做的，我一直在保守這個祕密。」

說話間承清哥打開了一直握著的拳頭，在手中赫然是一截珍貴的養魂木，我彷彿明白了什麼，心中一下子痛得無法呼吸。

「李師叔……」我一下子軟倒在了大石之上，淚水不停落下，想要大喊，卻變成了一句喃喃的李師叔。

我的眼眶在不停的變紅，酸澀得讓我幾乎無法眨眼，我彷彿看見了一個臨去的老人，傳下了老李一脈特有的祕法，就如同師祖的那個祕法，生生的剝離自己的靈魂。

他也許做不到那一步，可是還是可以剝離出幾分，他強迫要自己的徒弟這樣做，只因為長期的算天算地算命，讓他預料到了終有一天的大戰，他要參加。

這願望強烈到情願讓自己的殘魂走入輪迴，也要來參加，再一次的和師兄師弟們並肩，帶領著那些成長起來的師徒師侄們。

「李師叔，李師叔……」我好恍惚，再一次的搞不清楚，我究竟是道童子還是陳承一，痛得連說話也不敢，因為吞咽都會讓喉頭疼痛！

反倒是承清哥很安靜，只是站到了承心哥的旁邊，和他同樣的倚著那塊大石，如同守護一般站在我的周圍。

在那邊馬蹄聲不停，楊晟的人不停的到來，這一次是一些修者，他們好忙碌在搭建一個類似於祭台的東西。

在那些修者中，我看見一個個喇嘛，如同傳說中的惡頭陀。

第一百九十二章　死鬥

楊晟好像很在意那個祭台，從那個祭台搭建之初，便策馬環繞著祭台來回的打轉，在他身後跟隨著幾個喇嘛，其中一個喇嘛我認得，赫然就是那個用精神力來搜索過陳承一的人。

他那時的地位極高，在這個時候卻彷彿是最小的跟班，跟隨在另外幾個喇嘛的身後，然後共同跟隨著楊晟，一邊圍繞著祭台打轉，一邊指揮著說著什麼，絲毫不關心戰場上慘烈的一切。

是啊，他們有什麼好關心的？這一批參加肉搏的人，不過是楊晟製造出來的半屍人，即便代價高昂，那也是可以用物質來衡量的存在。

沒有一個成長的過程，沒有心血來澆灌，沒有感情的一路陪伴其中，那就只會可惜不會珍惜，因為偏偏只是這些才是無法衡量的東西。

楊晟的表現再正常不過，不像我看見每一個衝在前方的勇士血灑沙場，內心都會一陣抽搐。

戰鬥還在無聲的繼續，不身在其中根本不能體會其中的慘烈，這邊以慧大爺為首的勇士，原本在人數上對應楊晟的這些半屍人精英，就處於劣勢，畢竟是僅僅百來人，對應的是幾百個半屍人，幾乎是處在包圍當中。

而這些怪物，痛覺幾乎消失，旺盛的新陳代謝，讓他們的傷勢也癒合極快，加上力大無窮，用血肉之軀去對撞，根本也談不上什麼優勢。

唯一支撐的是什麼?只能是那心中堅守的道，那信仰產生的無盡勇氣。

一幅幅的畫面如同一個個的定格，像極了電影裡的慢鏡頭，讓人撕心裂肺的沉痛，卻又無法迴避。

一個長著絡腮鬍的體修，渾身浴血的衝了過去，四、五個半屍人頃刻之間就圍上了他，拳頭如同雨點一般的打落在他身上。他一邊咬牙承受著，一邊鮮血從嘴角滑落，而他在這個時候，卻也不肯放開手中那個被抓住的半屍人，抱著同歸於盡的瘋狂，狠狠的用頭撞了過去。

在他身邊不遠的地方，有一個相對年輕的武僧，他倒在了地上，面的是七、八個半屍人的圍攻，腳不停的踏落在他身上，他抓住了其中一個腳，一把把他拉倒在地上用身體纏著他，然後提起了自己的拳頭。

我的目光不知道該落在何處，一幕幕全是如此，捨生忘死的壯烈，就像這一拳揮出，下一拳再也沒有機會打出去了一般，無聲、壓抑的生命搏鬥。

我看見殺在最前方的慧大爺在低聲的喊著什麼，看口型好像是多殺掉一個，就能多一分機會。

在這個時候是計較的，計較死掉了多少敵人，多了幾分微小的機會，在這個時候，卻又是最不計較的，因為什麼都記得，就是忘了自己的生命。

醫字脈的所有人都開始忙碌起來，轉傷之術開始不停的運轉，每個人身前的陶土人形都開始裂痕越來越多，我看見每一個醫字脈的人臉色都開始變得蒼白，其實我如果記得沒錯的話，這個轉傷之術的代價是壽命！

而在命卜二脈的守護下，把這個傷害稍微縮小了一些，畢竟是衛道而戰，天道看似無情的規則運轉之下，多了一絲憐憫在其中。

在這個環環相扣、相輔相成的守護中，讓慧大爺這樣一行的勇士，雖然慘烈，但是到現在卻沒有一個真正徹底倒下的人，這一枝白色的長矛，生生擋住了楊晟手下半屍人的進攻。

相反，楊晟那邊的一行人卻是倒下了不知道有多少，潔白與豔紅混雜的雪地之上，橫陳的都是這些半屍人的屍體。

第一場的碰撞，好像我們占盡了優勢，但從老掌門嚴肅的神情來看，我們的勝利也不是那麼輕鬆，明眼人都知道再繼續下去，犧牲就是不可避免的，儘管早有心理準備。

可是，有心理準備就代表不痛嗎？

從戰場的安排來看，老掌門是異常出色的，他不僅是一個功參造化的高人，還是一個出色的戰術家，想必當年雪山一脈的崛起也經歷了不少的腥風血雨，才有了這樣的戰術傳承，細細密密的把所有的細節都算盡。

可就算我不懂這些戰術，也明白這不過僅僅是個開始，老掌門儘管鎮定，但是能從他的嚴肅中感覺到他的負擔。

果然……在那邊，楊晟那邊的人寸功不進，引來了吳天的不滿，他騎著戰馬冷哼了一聲，在這個時候在他身邊圍攏了數十個修者，也不知道是要幹嘛。

而一直在關心著祭台進度的楊晟，也終於注意到了這邊，他轉身朝著吳天點了點頭，忽然又朝著戰場這邊戰鬥的半屍人喊道：「第二計畫。」

什麼第二計畫，只是簡單的幾個字，讓我內心陡然變得沉重，我緊緊的盯著戰場，在這個時候，我看見楊晟的人忽然就停止了進攻，而是一個個從懷中掏出了一個小瓶子。

陡然的變化讓慧大爺他們也來不及阻止，而喝下一個小瓶子裡的東西要多少的時間？

「劈啪」「劈啪」是一個個小瓶子碎裂的聲音，不是被扔到地上，而是被楊晟那些屬下生生捏爆的，也不知道這小瓶子裡裝的是什麼液體，在楊晟的屬下喝下了以後，有這樣暴戾的反應！

短短的時間，慧大爺他們只來得及阻止十幾個楊晟的屬下，其餘的人都喝下了這種液體。

「吼……」反應是即刻的，立刻就有一個楊晟的手下發出了野獸一般的嘶吼，接著如同燥熱一般的撕開了自己身上的衣服，也同時摘掉了臉上的面具。

如同連鎖反應一般的，所有楊晟的下屬都出現了同樣的反應，瘋狂的撕扯掉了身上的衣服，連同面具也一起摘下。

那一張張面具下面的臉已經根本不像人類的臉，過度生長的尖牙，形成犬牙的模樣，原本就讓臉部產生了變形，此刻還在繼續極端的變化著。

在那一刻，我彷彿看見了一個個的老村長，因為這些楊晟的手下臉上的肉都開始快速的腐爛，然後新的肉開始生長，一下子縱橫交錯，樣子極端的恐怖。

犬牙和指甲也在不停生長，他們嘶吼著好像非常痛苦，卻也無力阻止這一切，有些不堪忍受的已經抱著腦袋在地上翻滾。

突然的變故弄得慧大爺他們也有些不知所措，畢竟這樣恐怖的景象，發生在了幾百人的身上，就讓人好像陡然置身於地獄，只要是正常人都需要有一個心理接受的過程！

也確實他們的痛苦讓人憐憫，可是這是最殘酷的戰場，在這裡為了自己的守護和堅持，是容不下這種憐憫在其中的，也只是稍微遲疑了一下，慧大爺等勇士還是義無反顧的衝了過去。

拳頭不停的飛舞，但令人震驚的一幕出現了，儘管還是在痛苦的過程中，這些人卻好像有下意識的反應一般，而且速度極快，竟然能夠避開慧大爺他們的拳頭。

就算避不開，慧大爺他們的力量也不能給這些怪物造成太大的傷害了，他們只是連連後退，發出了不知何意的嘶吼，卻沒有一個人再倒下，甚至連受傷都很難做到。

楊晟好像早就預料到了這一幕一般，只是輕描淡寫的看了一眼戰場，好像勝利必然屬於他一般，又再次轉頭去關心他的祭台了。

反觀吳天在這個時候，已經集結了一群修者，圍繞著馬匹留下的血跡，開始以他為首，踏動起了步罡。

我不知道這番變化會帶來什麼樣的結果，可是看著這驚天動地的動靜，這根本不能突破的狀態，忍不住內心開始有些焦急，在這個時候，以王師叔為首的佈陣之人還在祈禱，額頭上的那個神祕符號漸漸詭異的淡去。

但這到底代表什麼？我根本不知道，只知道，因為這莫名的血祭，連佈陣的事情也暫時的停滯了下來。

我莫名的有些無助，目光落在了老掌門的身上，而他的目光卻落在了那個怒目金剛的身上，他沒有看我，只是自顧自的說道：「這些都是A公司的死士，是A公司到處搜羅來的有天分的孤兒，做為A公司很大的一張底牌，沒想到那麼大方，一口氣就給了楊晟那麼多。這些人很可憐，從小被洗腦，一心只會為著A公司，哪怕獻出生命也無所謂，為什麼我會這樣說，是因為他們喝下的那瓶液體。」

「那是什麼？」我低聲問了一句。

在這個時候的戰場，已經有楊晟的屬下吼聲漸漸開始變得低沉起來，不復剛才的瘋狂，臉上的皮肉不再腐爛的部分，也變成了那種深深的黑色，但是乾枯地貼在了臉上，有一種莫名的堅韌感。

讓我想起了那頭老狼進化的四肢，那種號稱最強的肌肉，連臉部都在進化，身體呢？我一直沒看，也避不開那刺眼的黑色。

還有尖銳的犬牙和鋒利的指甲，我知道進化就快完成了。

「那是最烈性的改造液，就是曾經提過的，幾乎瞬間就會耗盡人的生命，讓他們只能存活一個多小時而已，如果不是A公司的死士，誰會喝下那種液體？他們很可憐，但也已經不可挽救。接下來，必然是慘烈的一戰。因為……」老掌門漸漸的不說了。

而在戰場中央，勇士們還沒有放棄試圖放倒這些怪物，可是沒有用，他們的本能速度都太快了，而且抗打擊的能力強悍得不像話，一點點的耗費力氣，只是沒用，這該多讓人心疼？

「因為什麼？」我的聲音開始變得有些顫抖，覺得這個問題我必然要追問下去。

「因為這些人是死士，我們這邊的人何嘗又不是死士？當這座金剛雕像豎立起的時候，就已經代表了必死的決心，用生命來承受不可承受的力量！知道這座金剛，私下有個什麼諢號嗎？」老掌門的聲音裡也藏著深切的悲痛，他終於把目光從怒目金剛的雕像上移開，望向了飄雪的天空。

此刻的雪已經變得很大了，熱的鮮血落在雪地之上，就被洋洋灑灑的雪花所覆蓋，也覆蓋了在場不動的人，我和老掌門的肩上都落滿了雪花，我不知道為何，眼中的淚水開始瀰漫，模糊的視線中看見的是慧大爺奮力揮舞拳頭的身影。

我悲慟……耳中老是出現那個聲音：「額要吃雞蛋。」「瓷馬二愣的。」「額要和你單挑。」

他此刻在戰場上何其的悲壯？相比於我，慧根兒安靜得多，只有手臂上的那條龍就如同要活過來了一般，因為他的肌肉在顫抖。

老掌門的聲音在此時也終於落入了我的耳中：「他的諢號實際上叫做悲淚金剛，找它借去力量，它必然會流淚，你看……」

在模糊的淚眼中，我看見那之前就像要活過來的怒目金剛，在此時已經悄悄的發生了變化，那原本應該圓睜怒瞪世間一切邪妄的雙眼，漸漸的已經低垂，原本犀利的眼神變得分外的悲憫，就好像一個人將要垂淚的樣子。

「它當然是仁慈的，它可以借出無限的力量，只要生命還能承受，助你去掃平世間的邪惡。可是，天道不可違，動用了那不屬於自己的無限力量，自然也要付出代價，人的肉身是不可能這樣承受的，只能用燃燒生命力才承受，還會帶來一道道不可逆的傷。所以，它為借力的人悲傷，它叫悲淚金剛。」老掌門的聲音悠遠，就像在訴說一個故事。

「不……」我的淚水再一次滑落，落在臉上瞬間就從炙熱變得冰涼，可是我知道這不可能阻止，犧牲是必然的，必然的……

在模糊中，我看著慧大爺的身影，他沒有回頭，我又看見了一個坐在戰場最前沿的人，很悠閒平靜的姿態，叼著那熟悉的旱菸杆子，目光凝視著戰場，凝視著那個相伴了幾十年的戰友。

他們不停的要單挑，卻不見真的打起來過，其實知情人都知道他們常常生死與共的戰鬥。如今他站在了前方，開始了第一場的戰鬥，他目光平靜的目送著他。

「師傅……」我的拳頭悄悄捏緊，而在這個時候，楊晟的屬下終於有第一個完成蛻變的人出現了，他毫無預兆的一聲狂吼，一下子抱住了正在奮力攻擊他的勇士，長長的指甲一下子扎進了這個勇士的肉裡。

然後他咬了下去，一仰頭一串血花飛起，一塊血肉被生生撕開。

第一百九十三章　借力

「啊……」終於在這個沉悶而安靜的戰場，發出了第一聲的叫喊，卻是劇痛之下的慘叫。

那個被撕咬下一塊血肉的勇士的鮮血瞬間就染紅了小半邊的身體，而他在慘嚎的時候，卻並沒有後退，而是一把抱住了那個變異的怪物，幾乎是用盡了全身的力氣，緊緊的把他摁在了雪地之中。

這是一場不公平的角力，變異之後的怪物力量奇大無比，那個勇士的力量根本不是他的對手。

在他死死摁住怪物以後，自然那個怪物會奮力的掙扎，而也不知道是不是楊晟那個液體的副作用，讓服用的人會變得分外殘酷和暴戾，在這個時候，我希望我的雙眼瞬間失明，那就可以不看見這麼殘酷的一幕。

我也希望我的耳朵瞬間失聰，或許聽力不要那麼好也可以，那麼就可以聽不見那麼壓抑的痛呼聲，甚至誇張的骨頭碎裂聲音。

是啊，有醫字脈，可是不論是轉傷之術還是什麼神奇的術法，都需要施術的時間，在這麼短的瞬間受到如此的重創，就連醫字脈的也來不及。

所以我只能眼睜睜的看著，看著在那位勇士的堅持下，那個怪物暴戾的掙扎攻擊之中，他的骨頭碎裂變形，鮮血幾乎讓他成為一個血人。

我根本不忍心在心裡勾勒描述這幅畫面，太過疼痛，也太過沉痛。

在這個時候，我恨不得能親自化身為戰場上的勇士，舉起手中的刀槍，狠狠的劈砍向那些怪物，即便我知道這根本不可能，畢竟戰場上的大部分是武僧，限制了他們能用的武器無非就是棍和戒刀。

就算能用任何武器又有什麼用？在這種層次的力量對決之中，武器的作用已經很有限了，就算足夠鋒利能夠破開怪物強悍的肌肉，也引不起致命傷，更不要說在這種巨力的碰撞之下，武器很快就會扭曲變形，成為一堆廢鐵。

同樣的楊晟那邊的人也知道這個道理，根本不會帶武器，反而會成為負擔。

至於這種力量層次是什麼層次呢？我無法去具體的形容，但曾經有人形容古人的力士是「力拔山兮氣蓋世」，雖然是誇張之言，但要在這裡做對比的話，修者的力士一出，大概這樣的凡人力士，和他們進行角力的話，五個也擋不住。

所以，狠狠砍向敵人的想法只能是個夢想，至於槍炮更不用說了，畢竟槍炮需要人為的操作，在修者的手段下作用是何其有限？就算放開了來用，我們用，楊晟也會用，那到時候就是一場不可估算的戰爭了，和世俗勢力的相互制約，註定了這種事情絕對不會發生。

我歎息了一聲，這場大戰除了用血肉之軀築成一道防線，是沒有別的辦法了。

而眼中的慘劇卻還在繼續，那位死死不放手的勇士，我看見他的目光都幾乎已經渙散，可是依舊用扭曲變形的雙手緊緊壓制住怪物。

在旁的人有心要去救他，但是越來越多的怪物快要開始甦醒了，每個人都有自己要堅守的陣地，在這裡是每一釐米的距離都必爭的，為的就是還未成型的天罰之陣。

那才是真正進攻的中堅力量，可是天罰之陣怎麼還沒有畫好呢？

我著急的目光看向了畫陣的眾人，陣地前方那個勇士的慘烈，讓我心中再也不能保持冷靜，而我身邊的老掌門卻如同石刻一般站在那裡，風雪沾上了他的眉眼，亦不曾拭去，只是雙眼越發深邃。

我看見了畫陣之中的大部分，額頭上的痕跡已經消失，而在陣法的上空，灰暗的天空開始隱隱的泛紅，也如同也被步伐踏得髒汙的雪地灑上了一層鮮血，然後散開的模樣。

「眾志成城，精血為祭，這用精血凝聚的意志自然也是要昭告上天的。」石化的老掌門只是這樣平靜的評價了一句。

昭告了上天又有什麼用？我現在並不知道，我只是詫異老掌門為什麼到現在還能保持平靜？

「哥啊……」在我詫異的目光中，戰場上響起了一聲撕心裂肺的聲音，那彷彿來自靈魂的沉痛吶喊，讓我猛的轉頭，看見的卻是一片鮮血猛地散開，劃破灰暗的天際，一個沉默的勇士和暴突的青筋，用肩膀當做最後的防線，死死的抵住怪物的胸膛，眼中卻還有著雄渾的意志。

可是他已經沒有了手臂了，他的手臂帶著潔白刺眼的斷骨，被怪物拿在了手中，怪異地在嘶吼，那一片血花就是猛地撕扯下手臂，劃破天空的勇氣證明。

人會疼痛，那是什麼讓人們忍耐？是希望、是信仰、是堅持的守護、是溫柔的牽掛，在這一刻我的手足冰涼，明白這個勇士要堅持的大義，卻無法面對這一幕慘烈。

在他的旁邊，有一個和他長得幾乎一模一樣的漢子，在對著他沉痛的呼喊，在他身邊，亦同樣有幾隻快要改造完畢的怪物。

從這兩人的長相和那個人呼喊的聲音來看，這兩人是兄弟關係，在戰場這種地方就只能這樣殘酷，即便眼睜睜的看著，也不敢離開自己守衛的那一方土地，不能讓敵人前進！

「哥，我來替代你……」那帶著哭腔痛楚的吶喊，變成了無助的悲泣，說話間，這個弟弟已經要走過去。

我卻聽見風聲中傳來一個稍顯虛弱，卻雄渾無比的聲音：「不，這裡是我要堅守的地方，我們要守著，我們不能退後，不能……」

「老掌門！」我想衝過去了，老李一脈的祕術借大地之力是多麼的厲害，可這個祕術充滿了危險，對靈覺的要求也太高，沒有靈覺精確的控制，沖穴的時候會讓人非死即傷，否則，把這個祕術傳開來又如何？

大家不會，可是我會……我是真的想要衝到第一線的戰場了，只為那個勇士的不能後退。

「站著別動，這是戰鬥。」老掌門在這個時候表現出了非同尋常的冷靜和堅持，然後轉頭對我說道：「僅此一次，在這裡，我是掌門。」

我明白他的意思，就是在這裡，他才是最高的指揮人，我必須服從他，我從心底知道老掌門其實是對的，但我不明白我的情緒為何會變成這般？

老掌門意味深長的看著我，說道：「陳承一，是你回來了嗎？」

我呆立在大石上，一時間發覺，好像我在不知不覺中有了某一種變化，而我自己竟然……如果不是老掌門的一句話，我根本就察覺不了！

但這種問題在這個時候還重要嗎？也許再過半分鐘，不，或許只是幾秒鐘的時間，那個勇士就會死，我即便知道是會有犧牲，我不想要犧牲出現在這一刻，或者是全部都活著，好好的活著，即便是受了重傷，我也能接受。

「不用急，正義自有天佑。看吧，來了。」說話的時候老掌門輕輕的一指，隨著他的動作，雪花從他的髮端滑落，而我隨著他指的方向望去，我看見同樣是一滴鮮紅的淚水，從那尊怒目金剛的眼中滑落。

來了？來了！原本怒瞪的雙眼已經變成了悲傷的低垂，原本充滿了煞氣的眼神在此刻落下慈悲的淚水。來了，究竟是好還是壞？

可是我還來不及思考，原本沉悶的戰場終於在這一刻開始沸騰。

「借力！」「借力！」「借力！」一個個勇士在這一刻終於爆發了，一聲聲借力就如同他們吹響的號角！彷彿這借力是不需要付出代價一般。

在這其中，我看見了慧大爺如同山嶽一般，立在最前方的身影，他也大喊了一聲借力，義無反顧，在這個時候，我看見慧根兒的身子輕輕顫抖了一下！

「借力啊……」在這個時候，那個呼喊哥哥的弟弟也發出了瘋狂的吶喊之聲。悲淚金剛哪裡會吝嗇在這個時候借出力量？在灰暗的天空中，一道道帶著佛家色彩的金色流光，漫天的飛舞，落在了一個個勇士的身上，瞬間融入了他們的身體。

每個人的身後都出現了一尊小小的、淡淡的、模糊不清的金剛身影。

「啊……」得到力量之後的勇士們開始吶喊，那是一種壓抑了許久的爆發。最激烈的碰撞，從現在才開始……

第一百九十四章　盡出

呼嘯的風不知道什麼時候停下了，整個天空只剩下洋洋灑灑的雪花飄落。

灰暗的天空，夾雜著異樣的紅色，總感覺像極了想像中地獄的樣子，蒼涼、寂靜……一道寂寞和些許殘酷混雜在其中。

時間在殘忍而激烈的碰撞下，每一分每一秒都過得那麼漫長。

中間兩方的對撞變成了「絞肉機」一般的存在，雖然不像世俗真正的大戰，動輒就是上萬人的生命才能被稱之為絞肉機，但在這裡，完全的肉搏、犧牲倒下的人、瘋狂得快死去還充滿了暴戾的怪物，這種力量角力帶來的血腥殘酷並不弱於世俗的戰爭。

犧牲早已不可避免……倒下的勇士、鮮血染紅雪地的屍體、轉傷到自己身上的醫字脈、蒼白沉默低垂下的頭，就如同安靜的睡著。

最先那一對慘烈的兄弟，哥哥失去了手臂仰面倒在地上，在他的身下是一具怪物的屍體，弟弟趴在離哥哥不到二米的地方，身後拖著長長的血痕，在他身側的沿路橫七豎八的倒著四、五具怪物的屍體。

我看不見弟弟的表情，卻看見哥哥的臉上還留著一絲笑容，好像他還活著，為又打死了一隻怪物，喊了一聲痛快。

這樣的英雄，在戰場上不知道有多少，我已經無法一一細數，即便是如此激烈，幾乎每一分鐘都有鮮活的生命死去，我也做不到麻木，我的悲慟越來越深，看著洋洋灑灑的雪花，覺得它們也在哭泣，輕輕柔柔的為倒在地上的勇士披蓋一層雪白的「被子」。

從安靜到吶喊，從吶喊到如今剩下的粗重喘息，唯一不變的只是守護的意志。

楊晟那邊的祭台已經初現模樣，而吳天帶領的那十幾個修者，念咒的聲音已經到了最後，我閉眼就能感受到最先前死掉的馬匹和戰場上雜亂的血跡在他的行咒之下，有一股股黑色的能量在快速的彙集。

「竟然是要利用這個？」我低聲的說了一句。

戰場上的鮮血充滿了戰場的戾氣，馬匹無辜的被殺充滿了怨氣，把這些負面的氣場綜合在一起，中了的人會變得無比瘋狂。

「他是高高在上的人物，同樣的昆侖傳道不是應該充滿了正氣嗎？面由心生，而當人心已經淪落的時候，用的手段竟然也淪落了。」面對殘酷的戰場，老掌門不發一言，可是當看到吳天的手段終於顯露時，老掌門竟然評價那麼長的一句。

他還是站在我的身旁巍然不動，但在這個時候，一直坐在最前方看著慧大爺的師傅慢慢朝著我走過來了。

難道師傅也是要一路陪著我走到最後的人？我無從猜測，卻看見他很是若無其事的拿著旱菸杆子，原本雪山一脈標誌性的潔白長袍也被他歪歪扭扭的穿得不像樣子。

他背著雙手，亂糟糟的頭髮和鬍子，我卻有些恍惚，好像回到了陳承一童年時候的記憶，看見了依然是這樣的師傅，在村中朝著自己走來。

兩個身影在不斷的重合，無論歲月如何的流逝，有些記憶就是最初的樣子。

在師傅走來的路上，我看見有很多修者紛紛站了起來，其中包括了吳立宇等……我不可置信的在其中看見了一個熟人，竟然是元懿大哥，風吹動他們的衣襟，他們的神情卻像被點燃的火，感覺只是在說著同樣一句話，終於輪到我們了。

短短的距離，師傅很快就走到了我們的面前，他對老掌門抱拳，老掌門竟然也朝著他抱拳，說道：「在天罰之陣成型以前的鬥法，就拜託你了，楊晟那邊一定會想盡辦法破壞的。」

「放心。」師傅簡單的說了一句，便就是承諾。

「陳承一，給我下來……」和老掌門說完話，師傅看向了我。

我其實有些恍惚，我究竟是承道還是承一？可是聽見他的話，我下意識就走到了他的面前，在這一刻，我心中莫名的湧起巨大的悲傷，卻也明白這是他的征程。

如果我註定要在這裡目送他走完這一段路，那我該給予的就是這樣目送，殘酷卻要為他高興，死得其所，以圓滿而沒有遺憾的心來面對死亡。

這不是我一個人在做，站在我身邊的年輕人都在這樣做，每一個人的身後都是巨大的悲傷之影。

剛才停了的風再次吹起，師傅眯眼望著天空又開始朝著北方飄灑的雪花，輕聲說道：「唔，是個好天氣。」

我不語，因為我整個人已經處於一種徹底不明自身的恍惚，可這其中又是這麼自然，好像沒有什麼爭執的過程，我只是被悲傷的情緒牽引，不敢說話，在戰場這種地方不適合眼淚。

前方，不時的還有怪物死去和勇士犧牲，生命在這個時候何其的渺小，有一種朝不保夕的脆弱，卻又何其壯烈，昇華的全是自己的意志，染紅了天空。

「我去了。」低頭，師傅又這樣對我說了一句。

「師傅。」我喉頭滾動，只能說出這樣一句話……多的，我不知道該怎麼表達了，一句師傅，就是千言萬語。

「哈哈……」他笑，然後看著我，目光中的慈愛又回來了，手搭在我的肩膀，說：「我知道你長大了，站在大石之上，威威風風的樣子……等一下還要走一條最艱難的路，是個男子漢了！我心裡驕傲……」

說到這裡，他又停頓了一下，對我說道：「我也知道你回來了。」

我知道這句回來了是什麼意思，他是說陳承一回來了，我想否認，可是自己也否認不了，為什麼我的情緒全是陳承一的？

「走了。」他把旱菸杆子塞到了我的手裡，說：「幫我保存好這個……我能回來，還能抽……其實也不想抽了，乾脆的倒在這裡，未嘗也不是好事。」

他說這些的時候已經轉身，聲音漸行漸小，快低不可聞。

我以為我沒哭，只是站在原地發呆，眼前的雪花就快要迷了我的眼睛，卻被身邊突兀的聲音打斷了思路。

「笑著哭挺難受……而難受到了一定的程度，是不是哭了也不知道自己是哭了？」我一轉頭，看樣的是一張陰柔俊美的臉，卻用最粗俗的站法，大馬金刀的站在我的面前。

我沒說話，嘴裡已經被他塞進了一枝雪茄，也不顧我的意見，又從我嘴裡拿走，幫我點上之後，再次塞進我的嘴裡。

「看我對你多好，剛才看見你抱了我的媳婦兒，看在你是她師兄的份兒上，我也就不和你計較了，還給你抽我最愛的雪茄，再怎麼省著抽，也就只有兩根了……就好像再怎麼留戀我外公，他還不是去了。」肖承乾的話很多。

雪茄的煙霧雖然迷濛了他的臉，可是我看見他腮邊的淚未乾，感覺自己的臉上也同樣冰涼。

哭了也不知道，說的究竟是他還是我？我也抽了一口他的雪茄，時間久了味兒淡了，他這樣珍惜的是什麼？可能是對他過往否定以後，唯一想要肯定的東西吧？

至少他覺得不想在我們面前，把自己的過往表現得太過難看。

我站在風中很沉默，看了一眼師傅的背影，感覺風雪漸大，快被風雪吞沒……在這個時候，一個身影撞入了我的懷中，低聲哭泣：「承一哥，我好怕爸爸再像以前那樣，一睡就是好多年。」

是承願……

我輕輕的拍了一下她的背，這一段往事只是我和她的記憶，乾淨狹小的家、堅強的女孩、在臥室中沉睡的元懿大哥……是我帶著她在那一天走上了不同的人生。

而我眼前，好像還是在那個荒村，看見那個身影倒下，對我說道：「陳承一，我元家可是厲害？比你師傅如何？」

第一百九十五章 烏雲蓋頂

回憶就是太多……卻在長長的歲月中已經定格成了永恆，如今他們已經在風雪中前行了，留給我們了背影和眼淚，或許又是一個永恆的記憶。

小的一輩人就快要再一次完整的站在一起了，從鬼村到邊境，到國外……一路輾轉的這些人，終於還要一起踏上一條最後的路。

在那邊路山已經說完了一些事情，攬過了陶柏，朝著我淡淡的笑，然後也朝著我們這邊走來。

他們不用面對告別，只是要面對的是再一次的面對，那些喇嘛應該就是拉崗寺的喇嘛吧，在這個時候他們的身份已經揭示，根本不用再保密了。

「承一，你和我有一個三年之約，如今看來是不用了，因為我能感覺到，他們全部來了。」路山站在我的旁邊輕聲的說道。

「那那面關於白瑪的鼓呢？」我知道那才是路山的心結。

「他們一定會帶來的，我和陶柏也將伴隨你走上那條路……」說到這裡，路山手指登上寺廟的那條曲折小路，原來還真的是那條路。

「我記得這個地方，姐姐曾經帶我來過……」一直羞澀不愛說話的陶柏，在這個時候也終於開口了，望向那個孤零的寺廟，眼中有懷念的神色。

「裡面有些什麼呢？」我忍不住問道。

「什麼都沒有，連供奉的塑像都沒有……四面牆擋風而已，當中有一個蒲團。」陶柏低聲說道，卻莫名的笑，那一年在這個簡陋的寺廟也許什麼都沒有，卻有來自姐姐最溫暖的愛，長姐如母！

沒有徵兆的，路山很用力的擁抱了我一下，同樣是拳頭打在我的背上：「承一，共勉！這一戰是我的希望，就算是絕路，也是圓滿的路。你知道我想要什麼，或許我無法完成。但有你，我相信你一定會到最後幫我完成的。」

「你會活著看見那一幕的。」我鬆開了路山，認真說道。其實我沒把握，我只是在說自己的希望而已。

他們圍繞在我的身邊，而我重新站在了那塊大石，老掌門還是那樣巍然不動的立在那裡，紛飛的雪花就快將他的頭髮和鬍子掩蓋，他輕聲說道：「可以上去的人是你們，也不知道上天為何這樣安排，但總有其深意……這場大戰快了，死的已經夠多，還能有多少？」

我不想思考為何是我們這一行人可以上去的原因，我眼中看見的只是慧大爺的身影，他竟然一邊戰鬥，一邊淋漓盡致的笑，鮮血已經將他身上的紋身完全覆蓋，他如同一個來自地獄懲惡的修羅，他又如同戰場上那個最豪情壯志的瀟灑將軍。

我看不出來他是否受傷，我能知道的只是他在戰場上，好像永遠不知道疲憊，保持著同樣的節奏，一個又一個的敵人倒在他的身旁。

這個是慧大爺嗎？在我爸爸媽媽講述的最早記憶之中，慧大爺的出現就像一個老幹部，和師傅爭執著誰是誰二舅這個問題，愛吃雞蛋又貪嘴，不肯吃虧的賊兮兮老和尚。

他此刻是如此的英勇，哪個還知道他有這幅形象？

就如同每一場戰爭，戰場上的英雄又何嘗不是普通人？有自己愛的人，有自己牽掛的人，有自己的小毛病，最平凡普通的一面……讓一個人變得不普通的無非就只有兩樣東西，一個是夢想，一個是信仰。

這個夢想可以平凡，這個信仰可以簡單到只是為了心中的守護，也許只是為了那點兒善良和底線。

戰場的人漸漸變少了，楊晟那邊的人死傷大半，而我們這邊的勇士也死去了近乎一半，從人數上來說不佔優勢，但是從勝利的天平上來說，卻已經堅持到了第一場的遭遇戰，勝利的天平往這邊傾斜。

那一尊悲淚金剛已經出現了裂痕，下面的吟誦之人一個個臉色如金紙，嘴角帶著鮮血，誇張的已經是七竅流血。

老掌門之前就已經小聲說過，這些幫助前方的人溝通力量的人，何嘗又不是在透支念力，用生命來維繫前方勇士的力量？

念力消耗過度是會要人命的，自然有祕法可以一再逼迫念力而出，但結果也不比透支念力好到哪裡去。

在這個時候，畫陣之人額頭上的那個神祕符號是真的已經完全消失，原本在他們頭頂的上方泛紅的天空，竟然投射出了條條金色的紋路，映在下方的大陣之上。

「天佑正道。」一老掌門的神色依舊波瀾不驚，只是這樣淡淡的評價了一句。

卻是在那邊王師叔忽然大笑起來，然後喊道：「天降陣紋，還不快跟隨佈陣？」

說話間，那些陣紋師都已經瘋狂了，紛紛拿起佈陣的材料和陣紋之筆，速度一下子瘋狂快了好多，畢竟有老天爺的指引，還有什麼比這個更快的了？

我其實心中已經清楚是怎麼回事兒了，像頂級的大陣就算有陣紋圖，還需要佈陣師的靈力來維繫，更需要經驗來布畫每一條陣紋，失之毫釐差之千里，這一句話最應該的就是用在佈陣這件事情上。

可如今天降陣紋，還帶著神祕的天地之力，那樣就為畫陣之人省下了太多的力氣，他們的速度自然會變快得不可思議。

這才是穩住下方戰局最大的扭轉啊，不得不說老掌門是一個很有魄力的人，在觀察了楊晟的人之後，立刻就選擇了血祭，而之前之所以不選擇，是因為一口心頭的精血代表的東西太多了，他不忍心吧。

雖然說戰場不講仁慈，但也不代表極致的殘酷。

我以為是這個，沒有想到老掌門卻是歎息了一聲，說道：「天降陣紋都是完美的紋路，能夠發揮天罰之陣的最大威力，只是天不容完美，所以這些陣紋落下，畫陣之人自然要承受一些後果，這一次天佑正道，降下這麼多的紋路。」

老掌門閉口不言了，我看到大陣幾乎在以肉眼可見的速度在完成，一條條的陣紋，一個個的喊聲。

「一九一陣位……」

「二〇六陣位……」

幾乎是每一分鐘，都有三、四個入陣之人，照這個速度下去，天罰之陣最後還有半個小時就會徹底完成，那樣前方的勇士就可以退回了吧？

師傅他們也可以該進入陣中的進入陣中，或者得到大陣的庇護，躲在後方，必要的時候出手！

我比誰都期待這個大陣的完成，心神簡直是完全的關注，但是我也沉痛的發現，每畫出一條陣紋，陣法師的臉上都會出現痛苦的神色，有的已經大口的吐出了鮮血，有的拿著陣紋之筆強畫，但整個身體都在顫抖，豆大的汗珠順著流下，有的甚至可以看見白髮一下子就出現，混雜著黑髮。小北也在其中，但還算堅持得比較好的，他們都知道，現在爭取的每一分時間是何其的重要。

但這就算是塵埃落地了嗎？自然遠遠的不是……在那邊，傳來了吳天刻意通過吼功傳來的一聲冷笑，接著，一個冷酷的聲音出現在戰場：「既然都是一批要拋棄的死士，不如我再來添一把火吧……」

法術修者終於要出陣了！

在吳天說話的時候，在他那邊忽然揚起了一陣黑色的旋風，普通人不一定看得見，可能只是會聽見風的呼號，但我分明看見，那就是他提取的氣場，一下子如同烏雲蓋頂一般，黑壓壓的朝著那批他們所謂的死士湧去。

黑雲過去，那些死士徹底的瘋狂了，如果之前他們還有人類的情緒，在力量的博奕中，多少有一些負擔，如今是真的會變成悍不畏死，因為已經被這些負面氣場影響得徹底瘋狂！

而他們衝過來的後果不言而喻。

在前方的慧大爺看樣子是歎息了一聲，忽然轉頭望向了這邊，他是在看師傅那邊！

第一百九十六章　颶風之術

此時的師傅也是帶領著十幾個修者在掐動著手訣，熟悉的行咒聲響徹天地，好像也是到了關鍵的時候。

慧大爺的回望自然得不到師傅的回應，他很快也收回了目光。

一個個變得瘋狂的怪物倒也罷了，糟糕的是吳天弄出來的那股黑色旋風並沒有散去，而是朝著這邊瘋狂的席捲而來！

好卑鄙的吳天，喊著是為了讓那些死士瘋狂起來，實際上的目的卻是這些正道的勇士，甚至這邊所有的人！

任誰都知道，這樣提取的負面氣場會給人帶來什麼樣的後果，如果沾染上，人非死即瘋，那樣還怎麼戰鬥？

這一個法術他施術這麼長的時間，原來他們也是早有佈局，突兀死去的馬的怨氣、肉搏戰場上的煞氣，都是極其厲害的！

畢竟馬兒長途奔走而來，卻被殺掉，而肉搏戰因為拉鋸的時間長，是直面敵人，煞氣比現代世俗的戰爭重多了，經過他的祕法，根本就是「劇毒」，也只有那些已經被強化過的死士才能承受吧！

黑色旋風的速度很快，在這個時候，楊晟的死士在怪異的呼嘯聲下，急速的向後退縮，全部闖入了那團黑色的旋風中，而正道的勇士是退還是不退？

這根本就是一個一箭雙雕的事情！退了，那麼那些瘋狂的死士就會衝過來，所有的佈局都會被打亂，那不退呢？那黑色的旋風瞬間就可以把他們變成瘋子！不然就是死亡。

另外最厲害的在於，誰也不知道黑色的旋風威力有多大，是不是會席捲了這邊正道的所有人？

吳天出手……果然是厲害之極的！

這絕對是真正的大法術，但是透過漫天的風雪看去，吳天卻根本就是毫不在意，只是看著正道修者這邊冷笑了一聲，然後毫不在意的離開了他身邊所在的修者，走向了那個祭台。

這只是短短瞬間的事情，在這個時候慧大爺已經收回了目光，所有人的目光也看向了慧大爺，他是這場肉搏戰的中心人物，退還是不退，只是慧大爺的一個決定。

在這一秒，氣氛彷彿凝固了，慧大爺忽然大聲的說道：「出發之前，就曾說過絕不後退，到了如今，也沒有退回去的可能！一米的距離都不能讓，相信身後所有的戰友吧。」

是的，相信！慧大爺即便沒有得到師傅的回應，在長長的歲月中並肩作戰的默契，也早已不用回應……他就是選擇了不退！

黑色旋風前進的速度除了一開始的瘋狂，到這個時候並不算快，但那種步步逼近的壓迫卻不是假的。

絕不後退就是決定，沒有人反對，只是在沉默中冒著巨大的風雪，一步一步的聚攏在了慧大爺的身邊。

出發時的人數幾乎死亡了一半，剩下的人也是全身傷痕累累，他們赤裸著上身，那也是一種死士的態度，下身的白袍也已經破破爛爛。

在這個時候，他們並排在戰場上站成了一排，從後看去，幾十個脊樑組成了一道人牆，儘管已經戰鬥到了這個地步，儘管已經是疲憊之極，儘管傷痕已經讓他們不可能再是巔峰的狀態，可是看過去的每一個人，沒人覺得這一道人牆不堅固！

這就是一道真正的長城，根基就是衛道的信念！

而在那邊，楊晟一來就異常重視的祭台終於已經搭建好了，楊晟已經走上了祭台，接著是吳天，背後跟隨著四個喇嘛，最後是吳天的十大聖王，外加十個我不認識的修者。

看來四大勢力在外面瘋狂的為楊晟做事，可是這種真正頂級的戰鬥，他們還不夠資格參加！

另外從楊晟在這裡搭建祭台來看，他根本也是有備而來，可能還有巨大的陰謀在其中，甚至知道一些我們的行動，否則怎麼可能高層盡出？至少吳天來了，連他的十大聖王也來了。

倒是之前和吳天一起做法的那些修者之中，我好像看見了四大勢力的一些高層。

但這些都已經不重要了，原本佔據著優勢的局勢，被吳天看似很隨意的一個法術就改寫了，如今的局勢是很嚴峻的，而連我這個菜鳥都嗅出了楊晟陰謀的味道，為何老掌門還是一言不發的站在風雪之中？

那個祭台被神祕的籠罩上了一層黑布，我們已經看不清楚裡面究竟發生了什麼，但是從黑風中卻衝出了幾個最先被席捲進去的楊晟那邊的死士。

之前他們雖然是怪物，眼中還看得見人類的情緒在其中，在這個時候，他們的雙眼卻像蒙上了一層血紅，已經完全而徹底的瘋狂。

又是一個難題擺在了最前方的勇士身上，如果衝過去阻止，很快就會被黑風席捲；如果站在原地不動，就是一場真正的死守，後退一步，都是讓這些瘋狂的死士更加的靠近我們這邊的大本營，但慧大爺很淡定，同樣還是那樣的一句話：「絕不後退……」

眼看著那些死士已經越來越近，這些勇士是真的沒有後退一步，終於又是一次短兵相接，悍不畏死的怪物比剛才可怕多了！

抱著絕不後退的信念，終於有勇士狂吼著迎了上去，生生的選擇了死守。

戰鬥再次變得慘烈，原本已經傾斜過來的勝利天平，漸漸的在死士的瘋狂下，朝著楊晟那一邊傾斜，他雖然在忙著祭台的事情，但他也不傻，不可能眼睜睜讓我們順利把大陣完成，所以在吳天進入祭台以後，那邊策馬湧來了黑壓壓的一片人。

從他們身上的氣場來看都是修者，要靠著死士的突破來破壞大陣，現在來看已經不是一時半會兒的事情了，只能靠修者的術法來影響大陣！

情況看來再度糟糕了一些，能來這裡戰鬥的修者，哪一個不是頂級的存在？看來楊晟可能在得到消息的時候，帶著一些高層和死士當了「急先鋒」，來破壞我們佈置大陣的節奏，而這些修者就是他們的「援軍」！

我再一次感覺到了那個所謂二號人物的可怕，在任何時代戰鬥情報都是最重要的，那個神祕的二號人物在，讓楊晟好像多了一雙眼睛一樣！

我們的計畫感覺被全盤的打亂，我看向了老掌門，他好像洞悉了我的心思，說道：「防不勝防的時候，以不變應萬變也是一條真理。還是先解決了眼前的事情再說！」

眼前的事情是什麼？是那黑風已經快要席捲到了勇士們的面前，而師傅的功力對上吳天顯然不夠看，但是跟隨師傅的有七個雪山一脈的大長老！

為什麼不是雪山一脈的大長老來帶領著大家，而是師傅？我皺著眉頭想不通其中的因由，卻是在這個時候，我看見黑風已經席捲到了戰鬥在最前方的勇士身前，也在這個時候，師傅忽然一個步罡踏出，大喊了一聲：「颶風之術！」

五行颶風之術？老李一脈真正的祕術，也是大法術之一！原來所有人施法都是假的，全部是在給師傅提供法力，讓他施展這颶風之術！

而我甚至很震驚，師傅竟然把這個法術給施展出來了？

首先五行法術在當世已經沒落了，那種像古代修士真正的大能，能夠有移山倒海威力的都只是傳說了，這颶風之術，就有一些重現了當年很多大修的風采，是真正的狂風來襲！

而且既然能被稱之為祕術，那其中也有祕密的關鍵，這颶風根據老李一脈的典籍記載，含有一縷來自天地的「真風」之意！

真風是什麼？就是能吹散萬物的風之本意，這個是要溝通到天地之間最純粹的五行之力的。

一直傳說老李一脈的弟子各個精彩，就如師傅的靈覺雖然不如我這個弟子，但他對術法的理解是整個圈子都為之稱道的，但這颶風之術，我還是不敢相信！

但此時哪裡容得我多想，一股狂風突兀的出現，已經朝著戰場洶湧的刮去！

第一百九十七章 修真之戰

「轟」，颶風之術所喚出的狂風異常狂暴，天空中的細雪紛紛倒捲，連地上的積雪也被捲上了天空，彷彿是從四面八方而來，一下子集中在一起，張狂的朝著戰場的中心吹去。

「就是這樣的術法才讓人心馳神往啊。」老掌門望著夾雜著白雪呼嘯而過的狂風，莫名的說了這樣一句。

夾雜著白雪的風就如同一道白風，只是瞬間就狠狠的撞上了那黑色的風，兩方的人馬和兩方的術法就像命中註定一般，要以黑白二色來對峙。

「轟」，這樣的碰撞聲發出了一聲更大的巨響，呼嘯而至的白風，一下子阻擋了黑色旋風前行的腳步，而在那之前的瞬間，黑色的旋風差點將衝在最前方的一個勇士吞沒。

兩股暴風在空中相遇，立刻對峙了起來，在兩股風暴碰撞的中心，發出了驚人的「嘩嘩」聲，地上的積雪，連同積雪之下的草皮都被紛紛的捲入空中，看起來狂暴無比。

但仔細觀察，可以發現白色的風在緩緩移動，交接處的黑色風暴顏色開始慢慢的變淡，朝著四周擴散開去！

畢竟這颶風之術中，含有一絲風之真意，吹散萬物可不是說笑的。這裡的萬物並不是指「物理存在」的物體，像師傅給我描述的真風風暴，是可以吹散人的靈魂的！

那是真正傳說中的術法！師傅說如果那傳說的年代真的存在，也只有那樣的上古大能才能做到這一點吧？

不過一絲風之真意也已經非常厲害了，連靈魂這種無形物質都可以吹散的存在，何況是讓人感受更直觀的氣場？

「老李一脈的術法果然獨步天下。」老掌門讚歎了一聲，在這個時候輕輕抖落了身上的白雪，又說了一句：「可惜，老李一脈收徒嚴苛，就算術法公之於眾，也沒有幾人能習得，要的是天分啊。」

我沉默，陳承一師門的術法因為記憶的原因，我也是再熟悉不過。的確說得上是在這個世間獨步天下……那些五花八門的祕術，在我那個世間也能稱之為祕術，而且是頂級的祕術！

但在陳承一的記憶中，老李那個人好像隨隨便便就能拿出一樣祕術一般。據我所知一個門派都不見得有那麼多壓箱底的祕術，而一個修者終其一生，能有一樣傍身的祕術，就算了不得了。

不只是老李，剛才那個施術的吳天，也是如此，一般的術法怎麼可能僅憑幾百匹馬，和這樣的戰場煞氣就形成如此的聲勢？那其中一定有獨特的祕術，他好像也是祕術頗多的樣子。

想到這裡，我不禁看了一眼那拉上了黑布的祭台，也不知道這群人到底在做什麼？

收回思緒，我只清楚的知道一點，那就是不論老李還是吳天，都是來自昆侖，而昆侖到底是個什麼樣的地方，就是修者的極境嗎？那麼在我眼中也是很神祕的上人，有沒有到過昆侖呢？

我心中的思緒萬千，而在這個時候的戰場已經徹底沸騰了起來，後方的支援，讓這些勇士得到了強大的信心，再一次陷入了拚殺之中！

當然黑色的旋風還沒有完全的散去，只是被白風壓得逐步後退，然後漸漸的散去，但是那些瘋狂了的死士一樣難以對付。

悲淚金剛的力量也支撐不住了，它理論上可以無限的借力，但在戰場這種有限的條件下是做不到這一點的，因為無限借力是需要巨大的經過供養的金剛法相，外加異常強大的主持借力之陣，在戰場上人數顯然少了一些，儘管都是精英。

已經是能調動的最大力量了，我心裡在計算著，年輕一輩是傳承，就算成長起來了，那些勢力也捨不得這樣「耗費」在戰場上，更何況成長起來的也比不過老一輩，他們犧牲了，就相當於是破壞了正派勢力的根基。

而老一輩的不可能傾巢而出，那樣門派勢力還怎麼支撐？

所以在這樣的情況下，那些武僧和體修已經開始調動自己的護身借力的力量！就比如慧大爺，那個熟悉的怒目金剛再次出現在了他的身影之後，只是比起之前的，這個怒目金剛顯然要凝實了許多，我想這跟他身上的紋身改變不無關係！

這樣支撐起了自己力量的勇士們，顯然戰鬥起來更加的厲害了，就像楊晟那邊掀開了底牌，勇士們也掀開了自己最後一張底牌。

鮮血仍然在流，每一步艱難的戰鬥仍然在繼續。

在這個時候法修們終於上場了，師傅已經退到了後方，吞下了醫字脈給的藥丸在閉目養神，但之前借力那些長老，看樣子還無大礙，楊晟那邊的修者先行一步，能夠感覺各種的天地之力在快速的聚攏。

可是雪山一脈的大長老是什麼樣的存在？就比如說珍妮大姐頭和我的第一次見面，她就給了我一個震驚，背著我飛到了一個神祕的地方，見到了一個神祕的修者。

雖然在之後，珍妮大姐頭再也沒有展露過這一手，但那種深入內心的震撼我又怎麼能忘記？這些大長老就算不比珍妮大姐頭，可也差不多了多少吧？

事實證明我的想法是對的，剛才不顯山露水的借了一把法力給師傅，如今這些大長老開始施術，只是瞬間我就感覺到了天地能量的彙聚。

這是只差一點兒就可以是瞬發法術了啊！

戰局暫時被師傅的一個術法又扳了回來，在這個時候第一道閃電劃破了灰暗的天空，終有真正的鬥法開局了！

幾乎沒有什麼弱點的雷法自然成了第一個開局之術。

「轟」，一道金色的落雷來了，而面對雷法基本上就只有一個辦法，以雷對雷，所以在那道落雷還沒有完全落下的時候，另一道金色的雷電迎了上去。

兩者碰撞，發出了驚天動地的響聲，狂暴的能量相撞，然後落在不遠處的山坡，炸飛了一地的碎石！

終於是開始了鬥法，天空的灰暗也不能掩蓋這些法術你來我往之間的絢爛。

那一邊，大火蔓延而來，卻是遇見了上空大雨傾盆而落。

這一邊，雨水混合著雪花沖刷而來，一陣狂風讓水勢倒捲。

最多的是各種雷電在天空中縱橫交錯，比起煙火的棉柔，多了說不出的一種壯烈，碰撞、震顫、爆裂……

在這個時候，沒有人珍惜自己的靈魂力，各種法術接二連三，這些比起體修更加文弱的法修，搞出了更加讓人震撼的動靜……

「嗚嗚」，狂風吹過，一個召喚而來的鬼王橫空現世；那一邊，一道靈魂力凝結的長劍當頭斬下……

那一邊，一個天兵天將臨世了；這一邊，眾多的鬼頭一下子升騰上天空……

我站在戰場之中，身體都有些站立不穩，因為各種術法的碰撞，讓大地都在震動……可是，這些比起我內心的震撼又算什麼？

這就是真正的修者戰鬥嗎，就是嗎？

如果是那個傳說中的上古，那個記載在神話中的時代，那樣的修者戰鬥又該是怎麼樣的一幅場景？

我的內心感覺就要沸騰了，連自己都想掐動手訣，真正的參與其中，風起、雲湧、大雨在不同的地方沸騰。

火燒、雷鳴，大地在輕輕的顫抖……神鬼交錯，靈魂力碰撞不休……我感覺修者要是經過這一戰，也可以說一聲此生無悔了！

第一百九十八章　梵唱的聖鼓

此刻的戰場莫名因為修者的參戰就變得異常激烈起來。

畢竟術法的威力可大可小，全看施術之人的功力，在這裡幾乎就是代表著這世間頂級修者的碰撞了，如何不震撼人心，又如何不激烈？

比起第一線的肉搏大戰，這裡的攻防之戰更加明顯，雖然從人數上來說，我們這一邊再一次的不佔優勢，但因為雪山一脈幾個大長老的加入，還小小的佔有優勢。

那邊的術法幾乎都攻擊不到這邊來，而偶爾這邊施展的大術，那邊的防備有時卻有漏洞，反而會讓術法的餘威落下。

那邊的修者出現了傷亡！

但楊晟那個祭台依舊安靜得要命，拉著黑色的布簾不知道在做些什麼？

最激烈的地方在於戰場的中央，黑色的旋風被師傅召喚出的颶風之術給吹散了大半，開啟了自身力量的勇士，終於打破了一種微妙的平衡，開始壓倒一般的朝著楊晟人馬的方向前進，畢竟實力不是靠著瘋狂就能彌補的，即便瘋狂讓那些死士也是寸步不退，讓這邊的勇士打得異常艱難。

而戰場的中央下方激戰，上方則是激烈。各種術法的碰撞就在戰場的上方，不時的雷電爆炸，颶風呼嘯，時不時閃現的神鬼身影，讓人眩暈的靈魂碰撞都發生在這裡，讓這個戰場的中央幾乎成為了地獄般恐怖的存在。

就算普通人站在這裡看不到什麼具體的景象，也一定會看見電閃雷鳴，感受到地動山搖。

楊晟那一邊的優勢在慢慢的消失，甚至已經完全變成了劣勢，可是同之前一樣，那個祭台依舊是巍然不動的樣子，裡面楊晟那邊真正的頂級勢力的人也沒有出現過一個。

如果能夠一鼓作氣的攻擊到那邊……這幾乎是所有人的想法，畢竟如果可以的話，那些武僧和體修哪怕只是衝過去十個，對那邊的法術修者都是致命的打擊，那麼也就不用那麼倚重天罰之陣了，甚至可以改變策略讓全部的入陣之人，一同施展術法，那麼……

但想法是美好無比的，事實哪有那麼簡單，至少楊晟搭建那個祭台的目的，沒有人以為會是他們坐以待斃！反觀老掌門的臉色並沒有因為現在的優勢變得輕鬆，反而是更加的嚴肅，有一種山雨欲來風滿樓的感覺。

時間一分一秒的過去，我的耳中除了各種術法傳來的爆裂聲音，戰場上的嘶喊喘息聲，就是那一聲聲，多少陣位入位的聲音！

大陣此刻在這番戰鬥之下，已經完成了一大半，剩下只有不到五十個陣紋，就可以徹底完成！

我看著也莫名激動，四百九十人的大陣啊，到底是有怎麼樣大的威力？

心中只期盼著能快一些，再快一些，我看著楊晟那邊的人慢慢在減少，雖然施展術法的修者因為人數的補充，已經能夠承受這邊的攻擊，但這並不代表什麼，畢竟在品質有一定相差的時候，數量的彌補有時候也不能起到決定性的作用。

終於……當楊晟那邊的死士還剩下不到十個人的時候，以為慧大爺為首的勇士仰天發出了一聲長嘯，在後方修者的配合下，眼看著他們就可以衝過去了。

卻在這個時候一直站在我身邊巍然不動的老掌門終於動了，之前他只是輕輕抖落了一些雪花，如今一動看起來身形飄飄，頗有仙氣的樣子，但是卻抖落了一身的白雪，身後帶起一片的落雪，感覺就像從風雪中走來。

「老掌門……你這是？」我不明白老掌門何以有此舉動！

卻聽見從那邊的祭台之上傳來了陣陣梵唱的聲音，是一個女子的聲音，這聲音聽起來的那麼神聖，那麼的純潔，充滿了神祕，卻又悠遠，讓人不自覺的想要膜拜，心中不敢生出半點褻瀆的意思。

這是發生了什麼？楊晟那邊的人明明做事偏激而罔顧天道，為什麼他們的祭台裡會傳出這種聲音，我的眉頭緊皺，知道這一次將是戰局真正白熱化的開端，卻聽見老掌門一聲：「是時候該我出手了。」

老掌門要出手？我還沒來得及反應，就看見一直倚在大石下的珍妮大姐頭忽然喝了一大口酒，然後快速的擰緊了酒壺，放進了屁股的口袋裡。

在場的所有人都穿著白色的長袍，除了珍妮大姐頭，她只是象徵性的披了一件白色的披風，裡面還穿著皮衣皮褲，很是幹練的樣子，和這個戰場格格不入的形象。

她收好酒壺，抬腿就走，忽然又停下，望著我說道：「小子，你覺得我這樣穿，他會喜歡嗎？」

他？應該指的是師祖吧？在這場戰鬥中我一直都在和陳承一時不時的交錯，我自己已經徹底的「淪陷」了，這個時候，我自然的把老李想成師祖，也不覺得有什麼問題。

就像我已經習慣用陳承一的角度來稱呼每一個人一般，我已經接受了，不過還只是以為自己帶入了陳承一的身份而已，他的意志沒什麼動靜，我以為已經是最後的堅持。

我沒想到珍妮大姐頭在戰場這種充滿了殘酷的地方，忽然會問我這麼小女兒的問題，沉默了一會兒，說道：「珍妮姐，妳什麼樣子都很漂亮。我想師祖會這麼想的。」

「哈哈，他的嘴要是有你那麼甜，當年何至於讓我怨了他那麼久。」說話的時候，珍妮大姐頭已經追隨著老掌門的腳步而去了。

我很想開口問，她和老掌門不是要主持陣眼的位置嗎，怎麼忽然就上前去鬥法了？

可是我還來不及問，卻聽見了一聲撲倒在地的聲音，我一看是路山一下子雙膝跪倒在了地上，用雙臂支撐著自己的身體，低垂著頭也看不清楚他的神色。

站在他旁邊的陶柏，想要伸手去扶路山，但卻一張臉脹得通紅，雙眼裡全是淚光。

還是站在旁邊的承清哥一把扶起了路山，路山卻激動的轉過頭看著我說道：「承一……承一，是她，是白瑪的聲音。」

白瑪？之前那三天我完全壓制了自己的意志，根本不知道陳承一身上發生的具體的事情和對話，只是模糊的有些印象，可是現在路山這樣一說，我忽然就想起了所有的事情！

這麼聖潔的聲音是白瑪的？據我所知，白瑪已經完全的消失了，連魂魄都被封印進了那面鼓中，這樣的話只有一個可能，難道……

我猛地抬頭望向了那座祭台，卻也正巧看見一陣狂風吹起，祭台四周的黑布被「呼」的吹起，然後狂暴的風力一下子捲走了那些黑布，把那黑布一下子帶上了天空，飄到了天際深處。

少了黑布的遮擋，祭台裡的一切一下子映入了眼簾。我看見楊晟盤坐在祭台最中央，在他周圍盤坐著之前同他一同進入祭台的幾個喇嘛，他們的嘴唇不停的在動著，好像在無聲念著什麼經文。

而在他們周圍，之前進入祭台的所有修者都盤坐在他們的周圍，一臉的疲憊，看樣子是經歷了較大的消耗，在抓緊時間恢復！

祭臺上只有一個人立著，那就是——吳天！

至於梵唱的聲音是從哪裡發出的？我有些難以置信的看著盤坐在正中的楊晟，他此刻已經取下了面具，面具之下跟當年的樣子根本沒有什麼區別。

在他的手中有一面鼓，他一手持鼓，閉著眼睛在虔誠的敲著那面鼓，節奏並不快，而那鼓傳出的竟然不是鼓聲，就是那聲聲的梵唱之聲。

第一百九十九章　頂層之戰

聖鼓就在楊晟的手中……此時，這個已經是不爭的事實。

只是白瑪如此聖潔的靈魂竟然被楊晟等人利用了，他們是用的什麼辦法？看見那些喇嘛，我心裡明白，這個答案我是猜測不出來了。他們既然敢把白瑪這麼一條鮮活的生命做成所謂的聖器，那麼就一定有辦法使用這面鼓。

當日是那個叫曼人巴的喇嘛奪走了這面聖鼓，做為和路山的交換。那日，我們所有人都以為曼人巴會一個人「貪墨」下這面聖鼓，沒想到還是出現在了這裡，而且是在楊晟的手中，這背後發生了什麼，我想也不是我們能深究的事情了。

隨身楊晟一下一下的敲響這面聖鼓，那女子梵唱的聲音越來越清晰，而隨著這清晰的聲音，一個虛影淡淡的出現在了祭台的上方。

她是如此的模糊不清，但路山此刻全身都在顫抖，至於我也知道那是誰，因為在萬鬼之湖的大戰中，路山曾經召喚過這個身影，答案也很簡單，那就是被封印在鼓中的白瑪靈魂。

只是那日靈魂出現的時候，除了聖潔的感覺，並沒有那種完整的靈魂感。

確切的說，就像是一個沒有自己思想的活人一般。

靈魂應該是完整的，但是靈魂意志……這個應該是被那些喇嘛用特殊的手段封印了，否則按照白瑪那麼善良的性格，怎麼可能甘願這樣被一群惡人所封印？也怪不得路山口口聲聲說，想讓白瑪投胎。

這個時候楊晟的死士只剩下了最後的幾個，各種術法還在不停交錯，我們這一邊的優勢依舊存在。

吳天就這樣冰冷的站在祭台的前面，看了一眼眼前的局勢，忽然說道：「欺我方無人，竟也不能佔據優勢，可笑！」

很簡單的一句話，這一向就是吳天說話的風格，理解起來就是，在他們的高手都在忙碌祭台之事的時候，我們也不能佔據優勢……所以，我們是可笑的，這場戰我們也輸定了。

他從來都是這樣，用冰冷不屑的態度面對世間所有的人，好像多說一個字都是侮辱一般的高高在上。

而他說話的時候，從祭台之後忽然竄出來了十個身形異常高大的人，他們沒有戴面具，身上穿著黑色的勁裝，上面繡著一條張牙舞爪的惡蛟，就這樣無聲的出現了。

吳天竟然罕有的歎息了一聲，又說了一句：「精英培養不易，去吧。」

面對這樣的吳天我很想破口大罵，把話說明白難道會死嗎？我都是反應了很久，才發現他說話的意思是，這十個黑衣人才是改造液培養出來的真正精英，很是可惜要用在這戰場上了，然後讓他們行動的意思。

他的話音剛落，這十個人就如同十枝被射出的箭鏃一般朝著戰場衝了過去，速度快到不可思議，只是在轉眼之間，就衝到了一個看起來普通，卻是驍勇善戰，一直表現得很是勇猛的武僧面前。

那個武僧面前已經沒有了敵人，正朝著楊晟那邊衝去，在黑衣人臨近的時候，才察覺過來猛地停下了腳步。

由於距離的拉近，我也看清了那黑衣人的臉，那是一張完全乾枯發黑的臉，並不同於黑人的那種黑，那是一種死灰色的黑沉，說簡單點兒就是一張殭屍的臉！

這樣的臉看著很恐怖，而且表情也如同殭屍那般僵硬，面無表情的臉顯得分外冷酷，但又沒有那種壽元即將耗盡的瘋狂，有的只是一種居高臨下，冷漠看著眼前勇士的神態。

我想起了吳天那一句不易，難道這些精英就是用人命堆砌出來的真正成品，要與楊晟一起去攻克昆侖的存在？

我還來不及多想就看見面對忽然停下的武僧，那個黑袍人冷冷的，也是簡單的提起了拳頭，那個武僧或許被他這種冷漠的態度給激怒了，大吼了一聲，在他身後的守護虛影是一尊頭陀，具體是什麼頭陀我不知道，但是充滿了力量的感覺！

在這一聲吶喊之下那個頭陀的虛影又清晰了幾分，那武僧也提起了拳頭朝著那個黑衣人衝了過去。

「嘭」，一聲沉悶的響聲發生在兩個拳頭碰撞的瞬間，或者是相互碰撞的力量太大了，所以站在這裡的我也是聽得清清楚楚，時間彷彿靜默了一秒，接著那個武僧發出了一聲壓抑而沉痛的低吼。

只是隨著他一開口，一股鮮血噴薄而出灑落在了雪地上，也噴濺到了那個黑衣人的臉上，武僧的手臂軟軟的垂下，然後身子不受控制的朝著後方瘋狂的退去，雪地上被拉出一條長長的痕跡，這樣狂退了五米多以後，才被他身後的一個勇士拉住，看來費了一些勁力，兩個人才穩住了身體。

至於那個黑衣人，有些神經質的用手指抹了一下臉上的鮮血，把手指放入了口中，接著臉上流露出來了一絲沉醉和留戀的樣子，下一秒忽然握緊了拳頭，再次朝著那個武僧還有扶住他的那個勇士衝去！

糟糕……我的心底一沉，知道他們危險了，剛才我是完全的見識了這些精英的力量！這些勇士戰鬥到如今只剩下了三十來人，付出了巨大的代價，才殺死了楊晟手下全部的死士，他們真的不能再死了啊！

面對這樣驚人的力量，兩三秒之間的一場博奕，又扳回了戰局的力量，勇士們暫時停住了腳步，只是看著，但是當那個黑衣人再次開始衝刺的時候，他們又毫不猶豫的衝了上去。

我聽見了慧大爺吶喊的聲音：「是時候了！」

是時候什麼？難道還有底牌？我還來不及反應，忽然聽見那個負責溝通悲淚金剛的念力之陣，聲音陡然的加大，特別是負責溝通的那個武僧，聲音陡然的高亢，卻是一邊這樣梵唱誦經，一邊開始大口大口的吐著鮮血。

連同那些巫家的傳人也是同樣的如此，他們七竅流血非常嚴重，臉色更加的蒼白。

原來那個悲淚金剛已經充滿了裂痕，如今在這樣的情況之下，原本還算不大的裂痕開始在悲淚金剛的身上快速的遊走擴大……看著，就像這尊悲淚金剛的塑像隨時都要崩塌的樣子。

可是我還來不及關注這邊，吳天的聲音已經滾滾而來：「天罰之陣？你們不會成功。」說話的時候，我看見吳天手中掐著一個奇怪的手訣，在我們還來不及反應的時候，忽然猛地一跺腳，這是吳天真正的出手了！

這次將會是什麼術法？天地間好像再次靜默了一秒，在這一秒鐘內，我看見老掌門從身上掏出了四個金色的陣印，然後朝著大陣的方向一拋，大喊了一聲：「去！」

接著這幾個陣印就如同長了眼睛一般的，朝著天罰之陣四個不同的角落快速飄然而去。這四個陣印看起來要比入陣之人手中拿著的普通陣印高出很多層次的樣子。老掌門一下子坐下，手中掐訣，大喊了一聲：「固陣！」

在這個時候，珍妮大姐頭開始飛快掐動手訣，一股股靈魂力瘋狂湧出。

與此同時，在吳天的腳下不遠處的大地忽然隆起，然後一股巨力從隆起的地方傳來，朝著這邊飛速的奔湧而來。

巨力所來的方向，大地之下就像藏著什麼東西一般，追隨著巨力不斷的隆起，一路驚人！

第二百章　優勢與劣勢

土行術法！在這個時候，我已經說不出內心的震撼了……五行術法之中，土行法術是近乎失傳的一項法術，就算在剛才大能之間的鬥法之中，都沒有人使用土行法術，可見這一行的法術是真的快消失在世間了。

曾經師祖傳給我一項祕術，是借大地之力開啟身體的力量，也算是一種土行術法，但我沒想到在這裡還能看見異常傳統的土行法術，而且是大法，就這樣被吳天輕描淡寫的用了出來！

做為道童子的身份我也是震驚的……在他那個世間，是有著土行術法的，但也和這邊一樣，土行術法幾乎是門派不傳之祕，原因很簡單，土行術法的大術，是對大地的破壞，大地承載著數以萬計的生命，動用土行術法，太過不仁。

所以在道童子的世界，土行法術非頂級的存在不能掌握，而且掌握的人必須心懷慈悲，道心也穩固到了一定的境界才可以。

但眼前的吳天顯然不是，可是他竟然這麼輕描淡寫的就使用出了一個土行的術法，道童子又如何不震驚？

但震驚歸震驚，眼前卻是存在了天大的難題，那就是如何破解吳天這一道術法？

一般破術是利用五行本身相克之術，就像木克土，但是木行的術法在這個世間一般是為醫字脈所用，而且掌握的人少之又少，在鬥法中想要這樣相克是不現實的。

再一個辦法就是同行術法之間的對撞，那珍妮大姐頭會土行術法嗎？又來得及施術嗎？

至於最後一個辦法是不太可能實現的辦法，就是利用更厲害的術法，放棄自己的防備，攻擊施術人本身，逼迫他停止術法。

為什麼說不太可能實現？因為等你攻擊到對方的時候，對方的術法說不定早就攻擊到你了，而且你的術法是不是可以造成同等的威脅？用這一個辦法的，就要求實力差了，可是珍妮大姐頭和吳天之間……我沉吟著，我相信是珍妮大姐頭實力差於吳天。

那條隆起的巨力還在快速的朝著這邊前進，所過之處，大地震動，就連戰場正中在戰鬥的眾人也免不了這無差別的傷害，不論是楊晟的人還是我們的人，都紛紛被拋飛在天空，然後重重的落下！

這就是法修大能的能力……實在讓人震驚！

這道巨力經過戰場，一路不停的見到有屍體被拋飛，弄出來的動靜可謂是驚天動地，在我們這邊，盤坐在前方的醫字脈被一個長老帶著緊急撤退到了天罰之陣的後方，而施術的眾人，包括師傅等也撤離到了後方。

原本佔據了一定優勢的施法，也硬生生被打斷，一時間原本眾人站立的位置，大雨、落雷，甚至有一道火光燒到了近前。

這就是吳天一道術法的威力，生生的扭轉了戰局！

我們這邊的陣地一下子變得狼狽不堪，如果不是那些施術者的對象是面對著這邊的施術者落下，剛才那一輪，我們這邊就近乎淪陷。

那邊的修者驚喜的發現了這個問題，開始重新掐動手訣，快速的施展術法，這一次所有的術法都是朝著天罰之陣，破壞天罰之陣原本就是他們的目的所在。

從開戰到現在，情況第一次變得無比嚴峻。

但是我看老掌門依舊是盤坐在陣法的前方，神情淡定，在做所謂的固陣，我對這個世間的陣法水準不是太瞭解，但是雪山一脈已經給了我兩次驚奇，都是來自那個神祕的陣法一脈。

所以這個固陣我相信一定有其獨到之處，只是對現在的局勢，我的心微微擔憂，但在其中，一道立於前方的身影，又莫名的給了我信心，在她周圍剛才術法的餘威還不斷，轟鳴的雷雨閃電，熊熊燃燒漸漸變小的大火，天上的雪花，在這個時候映照了她的身影——珍妮大姐頭！

她此刻就像在狂風暴雨中的一艘小船，在這些看起來威力極大的術法之中，依舊是巍然不動的掐動著手訣，越來越多的靈魂力從她的身上湧出，然後又不斷的消失，我懷疑她的靈魂力是不是沒有盡頭？

至於消失，我不會那麼天真的認為，只因為我感覺到了，那根本就是她在快速的壓縮自己的靈魂力，快到人們會以為靈魂力剛一湧出，就消失了。

這番手段同樣讓人驚奇，不愧是最為頂級的修者。

在這個時候，那隆起的巨力離珍妮大姐頭只有十來米了，但她依舊不動的在完成著自己的術法，根本就無視了那一道大地之力。

反觀遠方，吳天的身影依舊立在祭台的前方，在我靈覺配合視力的作用下，我看到了他臉上掛著的一絲淡漠的笑，感覺他的意思就是不屑珍妮大姐頭此刻的行為，認為珍妮大姐頭此刻裝作的淡定，是勉強在穩定人心。

十米了……五米了……珍妮大姐頭依舊在掐動著手訣，我的心卻提到了嗓子眼兒，有些後悔我為什麼不出手？其實土行術法上人也傳授過給我，但是以現在這個身體的能力，施展出來的效果實在有限。

跟吳天這個驚天動地的大術相比，實在差了很遠，但陳承一這個傢伙老是創造奇蹟，說不定施展出來也不是我想像的那麼糟糕？

但現在想這個已經來不及了，眼看著那隆起的大地之力就到了珍妮姐的眼前，兩米，一米，在這道驚天動地的力量面前，珍妮姐的身影簡直就像對上大象的一隻螞蟻。

可也就是在這個時候，珍妮姐猛地停住了施術的動作，然後身形異常瀟灑的踩住了旁邊的一塊石頭，借著那股力量她一下子跳到了二十米左右的高空。

又是一次！我猛地睜大了眼睛，我不會幼稚的以為珍妮姐有這樣的跳躍能力，我明白她是再一次的飛了起來。

其實在我那個世間，有飛天遁地能力的大能也不是沒有，至少我知道，上人就有這樣的能力，只不過珍妮姐雖然厲害，但我必須要說，距離上人的實力，她還是差了很遠的，而飛天遁地並不是一件容易的事情。

至少在我的判斷中，珍妮大姐頭的能力達不到，這是為什麼？

但是緊張的戰鬥很快打斷了我的思考，在珍妮大姐頭飛起來的瞬間，那道巨力瞬間就竄到了剛才醫字脈和法修所站的地方，所過之處，大地就像發生了地震一般，地上的殘雪和岩石也四處拋飛。

而且這道力量還在朝著天罰之陣前進，如果讓它順利的來到這邊，那邊天罰之陣也就徹底廢了。

在這個時候，停留在空中的珍妮大姐頭依舊在掐動著手訣，老掌門猶自巍然不動，那道巨力依舊在前行！

至於我，在這個時候對這道土行術法的威力體會更深，這已經造成了小型地震一般的效果，吳天果然非凡人！而他好像也很重視天罰之陣，又開始變換手訣，除了驅使那道巨力以外，又再添加力量的樣子。

我明顯的感覺到那呼嘯的力量更大了，背後山上的石頭也開始紛紛的震動，而且它加快了速度，猛地就竄到了天罰之陣的前方！

在這個時候老掌門變換了一個手訣，終於是睜開了眼睛，雙手一下子合併，脹紅了臉大喊一聲：「固陣！」

與此同時，陣法中有四個位置忽然金光大盛，但又是一道雷電劃破天空，那邊以為抓住了機會的修者，施展的術法，第一道已經就要落在陣法的上方。

而這時的珍妮大姐頭也終於施術完畢，隨著她最後一個手訣的掐動完畢，我感覺到好像有一陣清風從她的身側吹過……

第二百零一章　徹底與開啟之前

珍妮大姐頭術法的完畢，彷彿就是揭開下一幕「爆炸」的序幕一般，當一陣清風從珍妮大姐頭的身邊拂過時，第一道雷電終於落在了大陣的上方，接著是各種術法，如同最燦爛的煙火在大陣的上空爆裂開來。

而吳天的那道土行法術，也是瞬間逼近了大陣，帶著地動山搖的氣勢朝著大陣碾壓過去。

可奇怪的是，那些法修的術法無論怎麼樣在大陣的上空爆裂，都落不到大陣的上空，而吳天的那道土行術法看起來威脅大一些，可也是不停的在震動，卻是在離老掌門一米的位置，就前進不了了。

「哼，趁陣法之利罷了！」那邊傳來了吳天冰冷的聲音。

我一下子明白了，老掌門好像利用了陣法防住了這看起來危機重重的一輪術法攻擊，但吳天那語氣好像是要強行破陣。

但在這時，卻傳來了吳天悶哼的聲音，我站在比較高的地方，一下子就感覺到吳天被層層的充滿了某種暴虐氣息的靈魂力包裹了，之所以說充滿了暴虐，是因為那些靈魂力經過了壓縮，就好像靈魂力炸彈。

吳天發出悶哼的聲音，是因為其中一顆靈魂力炸彈爆炸了！

「凌……不，珍妮，妳就是這樣逼迫我放棄術法嗎？」那邊，吳天的聲音忽然變得有些煩躁。

顯然他認識珍妮大姐頭。

可是珍妮大姐頭只是冰冷的掐動手訣，無聲的震盪傳來，又是兩顆靈魂力炸彈爆裂，這一次吳天沒有發出悶哼的聲音，而是身子晃動硬生生的承受住了，臉色稍微變得有些蒼白。

珍妮大姐頭繼續掐動著手訣，那意思再明顯不過，就是逼迫吳天放棄術法，來防備自己的術法！如果不要放棄，那就硬生生的承受。

從吳天的表情來看，要承受珍妮大姐頭的術法攻擊顯然不是什麼輕鬆的事情，所以他必須要做出一個選擇。

我沒有想到珍妮大姐頭，確切的說珍妮大姐頭和老掌門兩個，真的是聯合起來用第三種辦法來逼迫吳天了……或許，也只有他們兩人聯手能做到這樣吧？

又是三顆靈魂力炸彈爆裂開來，這一次吳天還是再一次承受了，臉色更加的難看，也終於是被珍妮大姐頭逼得急了，他手中掐動的手訣一下子鬆開了，隨著手訣的鬆開，那道土行之力一下子就土崩瓦解了。

「珍妮，妳不就是仗著有古時獵妖人的血脈和傳承，靈魂力雄厚嗎？可惜你們這一脈早就沒落了，最厲害的獵妖人也已經被……如果是遇見了巔峰時期的他，倒是會讓我忌諱，可是妳這一點靈魂力算什麼？給我破……」被珍妮大姐頭逼迫到了這個地步，吳天可能覺得面上無光，不由得開口說了一句最囉嗦，也算表達最清楚的話了。

說話間，他的靈魂力也噴薄而出，而且被出色的靈覺指引，只是瞬間就破了術法。

在那邊靈魂的無聲震盪傳來，弄得祭台下方的一些法修，臉色蒼白無比，這種程度的攻擊，或許吳天並不在意，但是不代表他周圍的修者就一定能夠承受，被波及之下，紛紛都悶哼出聲，有些頭暈目眩的樣子，畢竟是靈魂力碰撞產生的震盪，有這些反應也是正常。

吳天在舉手投足之間就破了珍妮大姐頭的術法，但到底那道具有大威脅的土行術法被破了，珍妮大姐頭在被破術的瞬間，發出了一聲悶哼的聲音，然後從天空中落了下來。

她的臉色很難看，顯然是氣血翻湧未平。在那邊，醫字脈的又開始忙碌，這一次是一個看起來年紀很老邁的醫字脈的人，鄭重的掏出了兩個古陶雕像，其中一具像珍妮大姐頭，另外一個赫然就是——老掌門。

「珍妮，妳的飛行不過是特殊時間的取巧罷了，難道真以為妳恢復了上古獵妖人的風采？今日，妳竟敢逼迫於我？」在這個時候，吳天顯然非常的憤怒，在言語間也不裝高人那種雲淡風輕了，而是頻頻擠兌珍妮大姐頭。

獵妖人的傳承！這才是珍妮大姐頭真正的傳承嗎？還有什麼血脈，這些才是她能跟隨在師祖身邊的資本嗎？而不是什麼昆侖授業，珍妮大姐頭的歲數成謎，顯然和師祖一樣全身籠罩滿了神祕的色彩。

只不過現在並不是想這些的時候，我第一次看見如此隱忍的珍妮大姐頭，在落地以後，儘管氣血翻湧，面對吳天的擠兌依舊一言不發，只是掐動著手訣，快速準備著下一個術法，從波動來看，依舊和靈魂力有關。

「同是昆侖授業得道之人，有兩人傳承最為了得，一是那李一光，二是那吳天。可是李一光生性灑脫，光明磊落，心胸寬廣……真正當得起一句神仙中人。反觀那吳天，心思頗重，氣量狹小，偏偏自負又爭強，不要說當得起那神仙中人，就是普通修者的心性也不如，如何能稱之為高人？看來，昆侖之子從始到終就只有那李一光一人，名聲豈是手段用盡，就能爭來的？世人是長眼睛的，不過區區鬥法，被小輩壓了一下，就各種擠兌，吳天，你有臉嗎？」是老掌門的聲音。

他已經從盤坐的地上坐了起來，在他身後，陣法的四道金光不滅，看來陣法已經是非常的穩定，他從風雪之中走來，一步一句，神情平淡，卻言語如刀，好似談笑之間的話語，就毫不猶豫的點出了一段祕辛，區別了兩個人。

「你閉嘴！」吳天的神情忽然扭曲了，雖然只是簡單的一句你閉嘴，但是我從來沒有見過如此激動的吳天，顯然老掌門的話激到了他的痛處，一時間他連繼續掐動術法也忘記了，只顧得上呵斥老掌門。

老掌門淡然一笑，繼續說道：「可是覺得你師兄老李強於你，僅僅是因為靈覺？所以，在鬼打灣看中了和自己命格相似的肖承乾，想要對他奪舍？在奪舍之前，還垂涎老李徒孫陳承一的靈覺，想一併給奪了過來？」

什麼？我眉頭一皺，卻看見肖大少懶洋洋的伸了一個懶腰，神情麻木的樣子，叼著他的雪茄，煙霧持續的冒出，顯然這個老祖宗的做為已經傷不到他了，因為早就心死，心冷了。

我想起了那懸崖上，平臺邊……他扯開我身上繩子的一幕，顯然在那個時候，他就已經徹底的不認這個老祖宗了，恐怕也多少知曉了一些事實，一直不說，恐怕是為他留最後幾分顏面。

「是又如何，我吳天憑什麼不如他李一光？牽涉到昆侖的事情，和你這凡夫俗子多說也無益……不過，今日你敢這番對我講話，你定然會死得不痛快。」吳天的神情漸漸變得猙獰。

顯然他的性格就如老掌門所說，自負又爭強，是容不得別人對他有半點兒不敬的！

「好大的口氣……敢與我兩人鬥法嗎？既然到了這個層次，五行術法的相鬥，也就太可笑了，敢直接比拚靈魂力嗎？」老掌門忽然前踏一步，用一種充滿了信心和不屑的樣子看著吳天，那樣子就好像真的很看不起吳天。

吳天的神色一下子變得陰沉，而老掌門卻是冷笑連連，只說了一句：「罷了，你到底是不如你師兄的。就這樣吧，你我鬥法，生死由命，就你這樣的吳天還真奈何不了我雪山一脈。不，僅僅是我和珍妮兩人。」老掌門意興闌珊的樣子，接著開始掐動手訣！

吳天一下子暴怒了，大吼道：「那就如此相鬥！到時候，你會知道你有多麼的可笑！」

說話間，吳天也開始掐動手訣，他要與老掌門和珍妮大姐頭靈魂力相鬥。

在這個時候，我不得不感慨老掌門的智慧，這根本就是陽謀，在算計吳天，但這個坑吳天不得不去跳，因為搬出了我師祖的名頭。我看著遠處的吳天，即便在掐動手訣，臉上的不忿之色，依舊未消……

顯然都是凡人，誰會沒有弱點？我只是沒有想到，他的弱點竟然是我的師祖。

在這個時候，楊晟依舊還在不停的敲動著手邊的鼓……他身邊的那些頂級修者好像已經開始慢慢恢復，而我們身後的頂級大陣也漸漸的要成型！

最頂級的修者已經開始鬥法，體修的戰場上已經不復剛才的熱鬧，卻比剛才更加慘烈，因為已經接近打完所有的牌。

風吹過，接下來會發生什麼？誰也不知道。

第二百零二章　澎湃之戰

「嘭」「嘭」「嘭」，不知道什麼時候開始，楊晟那邊的梵唱聲音中開始夾雜著清晰的鼓聲了。

「轟」「轟」「轟」「轟」，靈魂力劇烈的碰撞，無聲卻能引來大地的共振。

「嘩啦」「轟隆」「呼」，我已經找不出更多的詞語來形容戰場上的法修之間鬥法發出的聲音，在吳天的大術結束後，法修的鬥法再次開始了。

「啊……」，是戰場前方傳來的吶喊聲，楊晟剩下的十個精英死士，和我們這邊剩下的勇士在進行最後的交戰，我們這邊的人傷亡變得很多，死亡的速度也變快了很多，幾乎是用生命在攔截這些死士。

剩下沒有多少了，區區四個而已，但還必須用生命來繼續阻擋，我想我這一輩子都不會忘記那一道血肉之牆的，那將是我一生最美的畫面。

不知道什麼時候雪停了一陣兒，到這個時候復又下起。

我忽然發現了一個問題，和我們這邊一樣，楊晟那邊的修者參與鬥法的也只是寥寥數十人，在後面楊晟那邊其實到了一批又一批的人馬站在了祭台的後面，組成了好像一道人牆，站在那個地方也不知道在做什麼。

到了這種時候，我其實也沒有多擔心了，我們這邊大部分的人馬在佈置大陣，他們那邊也一定有一定的動作。

如果讓法修零散的鬥法，這場戰鬥不知道要持續多久，這根本不符合我們雙方的要求，這種戰鬥，是不能持久的打下去的，因為要考慮到世俗，即便這是無人區，也不是百分之百的保險。

最快的方式自然是大規模的比拚，大型的戰爭，不管是古代的戰爭，還是現在的戰爭，都不會各自為戰，在這個時候講究的是集體的力量！

時間一分一秒的過去……楊晟那邊「嘭」「嘭」的鼓聲漸漸急促了起來，在灰暗低沉飄雪的天空之中，一個女子的形象漸漸清晰起來。

她穿著宗教的盛裝，此刻是一個跪拜的姿勢，雙手合十在低頭閉眼梵唱著，她的聲音是如此的聖潔神聖，彷彿為這個染血的戰場也帶來了一絲安慰。

「白瑪，妳睜開雙眼啊……」風雪之中，路山再一次的看見了夢中心愛的姑娘，他有些跌跌撞撞的在積雪中走了幾步，忽然朝著天空大聲的嘶吼。

睜開雙眼看見什麼？看見倒在前方的勇士嗎？看見靜默著已經死去的醫字脈？看著已經氣力不支，倒下的不知生死的巫師？還是看為前方的戰者維護著氣運，好像蒼老了很多歲的命卜二脈？

這種犧牲，像是正道不能承受的痛，可是戰爭才剛剛要真正的短兵相接。

「哥，姐的真靈出現時，是睜不開雙眼的，她被封印了。除非……」陶柏上前去拉住了路山，聲帶哭腔的說道。

路山跪倒在雪地裡，聲音嘶啞的對陶柏說道：「我只是想她看看，已經死去了那麼……那麼多人……」

路山悲傷的聲音散在風中，好像敲打著每一個人的神經，已經死去了那麼多人？來的時候浩浩蕩蕩的人，此刻很多已經倒在了戰場之中，我很想為他們做一場法事，但到那個時候誰又來為我做一場法事呢？

即便沒有……我亦無悔，在這樣一場大戰中衛道死去，我覺得沒有比這個更加燦爛的犧牲了，而我亦相信，這片染血的草原，將成為正道的聖地。

我的心情有一些激盪，在這個時候我雖然注意到了楊晟身邊的那些頂級修者已經醒了，但心中卻莫名的顧慮和擔憂全消。

只要這樣去戰鬥就好了，我是這樣想的，每個人的犧牲都是有意義的，大雪能夠埋去一切的痕跡，但埋不去的是每個人的精神和意志！

我耳邊響徹著一聲聲越來越急促的「×××陣位歸位」「×××陣位歸位」……

而楊晟那邊，那些無聲站著的修者忽然就散開列在了祭台的周圍，那些醒來的頂級修者並沒有離開祭台，只是看了一眼戰場，又閉上了眼睛。

他們果然是有後手的，只是那麼倉促的時間，難道佈陣嗎？我很疑惑，但是下一刻就了然了，只因為他們的陣法的確不需要怎麼佈置，就是一個再平常不過卻也殘酷的陣法，合擊之陣！就是把所有人的力量集中在一個或者幾個人身上。

之所以說殘酷，是因為這種陣法也算有一些變化，有些主導權是掌握在普通陣位的人身上，隨時可以停止，有些主導權卻是掌握在被集中的人身上，這樣，他如果不停止抽取力量，其他人也停不下來，比如吳老鬼的深仇大恨就是這樣的。

這個陣法甚至不需要佈置陣紋，只需要在關鍵的地方放置幾件關鍵性的「傳導」法器就行了，對於也幾乎全是大能的楊晟那邊來說，這是多簡單的事情？

原來楊晟那邊的一切都很簡單，都是圍繞那個祭台來的，等那些頂級修者佈置好了祭台，才徹底的與我們開戰……之前的一切全部都是拖延。

這邊的對應也很簡單，老掌門就像看透了一切一般，也選擇了以陣對陣，只是正道之人不能去做強行抽取他人力量的事情，換一個合擊之陣，就是普通陣位掌握主導權的陣法，說實話，論效果絕對比不上那個殘酷的合擊之陣。

而且正道中人這一次的實力其實比不上楊晟那一邊，因為A公司不知道修生養息了多少年，積蓄了一些什麼樣的力量，他們不需要像正道那樣光明磊落……所以，被看清的東西很少。

外加，吳天這一個變數，陡然加入了他們的勢力！

相同的陣法不能佔據優勢，只有選擇更高級的天罰之陣，我想如果楊晟那邊有的選擇，也一定會這樣做吧。但好像他們沒有得到過那個神祕傳承的任何陣法，只好退而求其次，選擇這世間流傳的陣法。

此時，好像是雙方已經歸位的一次行動了，在風雪之中，前方的慧大爺忽然發出了一聲長嘯……最後一個死士倒下了！

我們這邊的勇士剩下了三人，總算是艱難的勝利了。

一路的鮮血，一路的屍體，盛放在潔白之上，那最後的結果是不是也是讓潔白重回大地，而不是讓世界被黑霧籠罩？

我已經無法細數這種犧牲了，就算佈陣的相字脈也在一個個的倒下，剩下的人不到一半，完美的天紋，需要自身去承受，堅持到極限，倒下的時候會不會有不甘？

他們是生是死，也不能去探查，因為我知道，到了老掌門所說的那一步，我有更重要的事情要做，我不能分神半分。

那邊的悲淚金剛已經碎裂得不成樣子，空中那個聖潔的白瑪梵唱的聲音漸漸空靈，配合著那鼓聲，好像已經到了關鍵的時刻。

在那個時候，吳天和老掌門，還有珍妮三人依舊在鬥法，只是我能感覺出來老掌門和珍妮大姐頭是在苦撐。

「老掌門，你和珍妮姐要歸位了。」這個時候，一個疲憊的聲音從大陣之中傳來，是王師叔，天罰之陣終於要最終完成！

而在楊晟那邊，有一個喇嘛忽然站了起來，用不太流利的漢語大聲說道：「想要一步登天嗎？那就在這一次拚盡全力吧，堅持到聖祖登頂的那一刻，他不會讓我們失望！」

「哦……」那邊邪道的人發出一聲聲狂熱的呼喊，就像是被洗腦的人群，其實大道艱難，邪道劍走偏鋒，幾乎是斷絕了真正登上大道的路，唯一能讓他們狂熱的就是這個了！

然後那個喇嘛走到了吳天的身邊，似乎說了一句什麼，吳天冷哼了一聲，和珍妮大姐頭還有老掌門最後對撞了一次，然後拂袖而去，坐在了祭台之中，楊晟的前方。

珍妮大姐頭和老掌門各自後退了一步，我知道，這雪下得好像更大了一些……

第二百零三章 承一，是時候了

最後的碰撞終於是開始了，這邊修者最頂級的力量，老掌門和珍妮大姐頭終於開始步入陣法之中。

而那邊吳天也已經歸位，要綜合在場所有修者的力量，這是這場大戰最後的一場龍爭虎鬥。

風雪之中楊晟的手鼓聲陣陣，我感覺身後的那個山坡整個都在微微顫抖，白瑪的梵唱聲更加急促，在顫抖到極致的時候，我彷彿聽見到天際傳來了一聲轟隆的聲音，一股莫名的力量在我的身後爆發！

我說不出這是什麼樣的力量，只覺得讓我的整個靈魂都在顫抖，都在嚮往，都在膜拜，我忍不住一個轉身。

映入我眼簾的，山坡還是那個山坡，只是那一座原本破敗寥落的孤廟，整個氣勢一下子變了，變得神聖無比，就像最聖潔的聖堂，如果只是這個並不會讓我驚奇，這畢竟是高人曾經清修過的地方，最重要的是它明明近在眼前，就在那個不算高的山坡之上，但卻感覺很遠，遠到我好像觸摸不到！

這種感覺是如此的抽象，但那座孤廟周圍的空間都在微微扭曲，卻是真實被我看在眼中的景象，就像蒸騰的熱氣下拍攝沙漠的鏡頭一樣。

「當楊晟鼓聲停止的時候，你就往上衝……不顧一切的往上衝！衝入那個孤廟之中，奪過楊晟手中的那面鼓。如果一切無法阻止，你唯一剩下的路，就是殺死楊晟……必須殺死他。如果到了時間還不行，那我們就只剩下最後一條路了。」在這個時候，老掌門和我擦肩而過，忽然在我耳邊說出了這麼一句話。

原來，這就是我要做事情嗎？不顧一切的衝入孤廟，可是如果我提前衝進去了，要做什麼？老掌門並沒有說，難道是等著楊晟奪他手中那面鼓嗎？

如果無法阻止，我就要殺了楊晟……我的能力能殺掉楊晟？這就是我和他命中註定的最後一戰嗎？

最後的結果……如果到了時間，那麼……那麼就是——無差別的打擊，寧願大家魚死網破，也絕對不要楊晟得逞的必死犧牲決心。

想到這裡，我的內心有些苦澀，看著戰場中一個個壯烈不已的眾人，感覺他們的生命都維繫在我的身上，我忍不住回頭，看著老掌門的背影，問了一句：「什麼是時間到了？」

老掌門停下了腳步，而珍妮大姐頭則是望著我歎息了一聲，繼續前行，接著我看見老掌門望著我鄭重的說道：「之前就說過，因為吳天的加入，邪道和正道之間的天平發生了傾斜，如今就算有天罰之陣的幫助，我方的實力對上邪道的實力一樣是輸的，輸在頂級修者的數量上，我們這裡少了一個吳天這樣的修者……所以，你明白到了我們撐不住的時間，那麼就是時間到了。」

老掌門的聲音很平靜，就算承認正道的實力不如邪道的修者，也很雲淡風輕，可以實力不如，但絕對不能失敗。

少了一個吳天這樣的修者，如果我師祖老李在那就……我的心中隱隱有些不忿，但事實卻是，我的師祖只留下了殘魂，本人根本就不在。

想到這裡我心裡歎息了一聲，珍妮大姐頭的聲音卻悠悠傳來：「老掌門機關算盡，為我們這邊爭取了這個戰場上微妙的平衡！楊晟那一邊，那個神祕的二號人物太過厲害，我們犧牲了三位命卜二脈的長老，才算盡了戰局，剩下的一切就靠你了，承一。」

「嗯。」在風中，我輕輕的答應了一聲。

「如果見到他，我也還活著……讓他來看我一眼。」珍妮大姐頭忽然轉頭，笑靨如花，眼中盡是回憶的深情，在這一刻珍妮大姐頭想的不是生死，竟然全部都是我師祖。

我不知道該如何言說，只是輕輕的點頭……我要如何才能見到師祖？

但在這個時候，我聽見鼓聲陡然而停，一轉身，看見正在擊鼓的楊晟一下子睜開了眼睛……原本帶著兩個勇士正在戰場中休息的慧大爺一下子站了起來，他沒有回頭，只是對著我吼了一句：「承一，準備衝！」

「承一，準備……」

「承一，準備……」

在這個時候，我耳邊炸雷似的響起了很多這樣的聲音，我發現聲音的來源竟然全部是我的長輩們，師傅、師叔、凌青奶奶、甚至吳立宇……

「衝，衝到哪裡去？」楊晟一下子從祭臺上站了起來，一揚手……我忽然聽見了無數的狼嚎，從遠處也傳來了蒼鷹的鳴叫聲，在人群的後方，忽然竄出來了一群喇嘛，我忽然想起了那個拉崗寺，想起了他們原本最擅長的，不就是驅使各種動物嗎？

我甚至想起了曼人巴的那頭狼……真是想什麼來什麼，遠遠的我就看見了曼人巴的身影，他身旁的不就是那頭巨大無比像小牛犢子一樣的狼嗎？

然後我看見了遠處的地平線，黑壓壓的一大片……那是狼群！

在天空中已經能看見十幾隻蒼鷹朝著這邊飛來，其中一隻巨大的首當其衝，儘管還有一定的距離，我也知道那是衝著我來的。

而在說話間，楊晟忽然大笑了一聲，然後手持著那面聖鼓朝著我們這邊就衝了過來，他的速度很快，一動身就像一顆出膛的炮彈。

在這個時候，原本已經低沉了下去的，在悲淚金剛周圍梵唱的眾人，聲音陡然拔高，我只聽慧大爺大叫了一聲：「阻止他，為承一爭取時間！」

在同時，師傅攙手吳立宇大喊了一聲：「跟我來……」

陳師叔忽然拿著一個分外精緻的陶土雕刻走向了前方，而原本已經快要熄滅的巨大銅燈，在這個時候陡然變得異常光亮起來。

凌青奶奶輕聲說了一句：「是時候了……」然後我看見她帶領著巫蠱一脈的蠱師，一揮手，一片黑壓壓的蟲潮飛起，在其中，幾個金色的光點分外引人注目，全部放出了本命金蠶蠱。

「早知道拉崗寺的這些惡僧會傾巢而出，又怎麼可能沒有準備？」在這個時候，一個一直在戰場上什麼也沒有做的陌生老者，忽然聲音嘶啞的喊了一句，然後他忽然發出了一聲長長的呼哨之聲。

我聽見那山坡的背後，傳來了無數窸窸窣窣的聲音，伴隨著有些悠揚，但是怪異的竹笛聲，接著我看見了一條巨大的蛇從那邊山坡的背後爬出，在巨蛇的身上，穩穩的站著一個穿著舊麻袍，樣子乾淨清秀的人，他的肩膀上盤踞著一條小蛇兒，了不起的小蛇兒——騰蛇！

小丁……小丁竟然來了，一直隱藏在這山坡背後！

不只小丁，在小丁身後又是一條巨蛇遊動而出，一個長得漂亮，眉目之間卻是充滿了乾淨俐落感覺，穿著一身繡金線緊身黑衣的女子，就站在那條巨蛇的身上，這是？我不認識，但是我分明看見小丁望著她羞澀的一笑，而且還有很多男男女女走出。

「正道的馭獸一脈基本上傾巢而出啦。」那個說話的老者忽然笑了，然後竟然也掏出了一個竹笛，開始無聲的吹奏，我看見那個孤廟的山坡之上，一條身上的顏色跟巨石差不多的巨蛇也遊動而下了。

這讓我想起了那些在洞穴中的老祖宗，牠們是否也來了？答案很肯定，在雪山一脈的幫助下，在小丁的身後遊動著幾條巨蛇，不是洞穴中的老祖宗，又是誰？

在這個時候嘭的一聲，我看見悲淚金剛忽然破碎了，最後化為一道金色的流光，直衝著慧大爺而去！

在這個時候衝出來的楊晟，忽然停在了風雪之中，帶著莫名的神情高舉起了手中的聖鼓，然後另外一隻手重重拍了下去。

「嘭」，又是一聲鼓聲，這才是最後一聲鼓聲吧？

這個時候凌青奶奶忽然說道：「如雪，如月……妳們還不過去？」

「奶奶？」如月雙眼含淚，如雪安靜得就像雪中的女神，最後把頭輕輕靠在了凌青奶奶的肩膀上，輕輕的擁抱了她一下，然後一把拉著還在哭泣不已的如月朝著我走來。

在悲淚金剛破碎的同時，那些圍繞在金剛周圍梵唱的人，全部噴出了一大口鮮血，就像天空中下了一場血雨一般，他們一個接著一個的在這場血雨中倒下。

孫強一聲痛呼如同受傷的孤狼，和自己同屬一脈的巫之一脈應該是全部犧牲了，他轉頭含淚望著我，說了一句：「哥，我來了……」

在這個時候，身後的天空光芒大盛，快要蓋過了原本灰暗的天。

老掌門波瀾不驚的聲音傳來：「承一，是時候了。」

第二百零四章 慧大爺，陳師叔

是時候了，我此刻心中有一種無法言說的情緒，轉過身看見那座孤廟斜邊的天空，那驚人的亮光，扭曲得更厲害的空間，就像有什麼要破空而出那樣！

如雪、如月到了我的身邊，強子過來了……這一次，我以為他們不會和我同行，原來依舊是要和我同行的。

我多想擁抱一下如月，多想和如雪再說兩句，多想安慰一下激動的強子，但是在這個時候，我只剩下一件事情，那就是不顧一切的朝前衝！

那條夾雜在亂石之中的小徑在這個時候分外明顯，我跳下了大石，對於紛亂的戰場再不看一眼，低頭就朝著那條小徑跑去！

呼嘯的大風從我的耳邊劃過，伴隨著前方傳來的一聲最後的悲吼，我踏上了那條小徑，正好看見斜對面的戰場，一個勇士奮不顧身的朝著楊晟撲過去，他想要抱住楊晟，卻被楊晟一拳轟穿了身體，他嘶喊著雙手緊抱不放，卻是被楊晟無情的推開，屍體掉落在地上，楊晟輕蔑的甩了一下拳頭上的血珠。

「你難道不等等我嗎？陳承一？」楊晟看了我一眼，忽然這樣說道。

在走了不過幾步，我就感覺到一股驚人的靈氣撲面而來，接著，卻是一股和這個世間完全不同的壓力朝著我擠壓而來，就像我陡然去了一個重力是這個世間一、兩倍的地方，這股壓力不僅壓迫著肉身，還壓迫著靈魂。

「堅持住，適應它，否則你怎麼在這個地方戰鬥？把這個話告訴所有的人。」在這個時候，我的靈魂裡陡然傳來一個意志的發言，在我心情如此複雜的時候，開始提醒我這裡的情況。

是師祖，一直沉睡的師祖殘魂在這個時候終於有了反應。

我在為那個勇士悲傷，戰鬥到現在，他是僅剩的三個勇士之一，沒想到還是這樣死在了楊晟的拳頭下，我在面對楊晟的挑釁憤怒，可是到了口中的話卻變成了：「在這裡堅持住，最好適應，否則沒有辦法戰鬥。」

在這個時候，我幾乎已經完全是陳承一的想法了，可是我卻不知道除了最後一點兒彆扭，我還和陳承一有什麼區別？

天地在變色，天空中那些飛舞的蟲蟲散開了去，眼前五顏六色，最前方的蟲蟲和那隻巨大的蒼鷹相遇了。

地面上五色斑斕的蛇群遇上了衝在前方的狼群，廝殺在了一起。

在這其中，楊晟就像不受任何影響一般，再一次執意的朝前衝去，又是一個勇士，朝著楊晟撲了過去。

一樣的結果，鮮血濺開，他的屍身軟軟的跌在地上，楊晟再一次輕蔑的甩了甩拳頭上的血液，繼續前行。

我的心忽然開始悲傷，我牙齒就要咬碎，為什麼不能快一些？我恨不得手腳並用的跑上去，可是這一條蜿蜒曲折的小徑距離並不近，而且越是往上走，傳來的壓力越大。

到現在為止，我還沒有弄清楚，為什麼那麼多年輕一輩的人圍繞在我身旁，與我共同攀登這條小徑……我只是悲傷得無法壓抑，因為我一邊努力的朝著那個寺廟前進，一邊看見慧大爺正一步一步的迎向楊晟。

悲淚金剛破碎的光芒全部落在了慧大爺的身上，那一層金色的光芒把慧大爺整個人都染成了金色……金色之下，是流線型的肌肉，我第一次看見慧大爺如此充滿了力量的一面。

在他的身後不是一尊怒目金剛，而是整整三尊怒目金剛，我想起了他身上那多出來的紋身。

我忽然就有一個感覺，好像慧大爺堅持戰鬥到現在，所為的一切，就是在此時攔截楊晟。就如珍妮大姐頭所說，老掌門機關算盡，甚至搭上三位命卜二脈長老的生命，早就已經安排好了一切。

楊晟原本是在朝著這邊的小徑衝刺，看見一步一步朝著他走來的慧大爺，慢慢放慢了腳步，也是這樣朝著慧大爺走去。

雪在這個時候又再一次的停了，莫名換成了一些細碎的冰沫子夾雜著絲絲很細的雨水落下，風呼呼的呼嘯而過，帶來了陳師叔的聲音：「慧老頭兒，我準備好了……你儘管放手一搏，姜師兄會接應你的。」

「好！」回應他的是慧大爺豪情萬丈的聲音，在這個時候，慧大爺忽然提速飛快奔跑起來，拳頭提起，朝著楊晟不回頭的衝去。

我的身後傳來了慧根兒壓抑的嗚咽聲，我的兩行淚水終於壓抑不住，從眼眶中滾落。

那個第一次出現在我生命中，裝得像老幹部似的老頭兒，那個和我師傅一樣疼愛我，下棋老是耍賴，饞雞蛋的老頭兒，那個充滿了力量，總是衝在戰場最前方的老頭兒……那個慧大爺！

在這個時候，他的第一拳終於打在了楊晟的身上，楊晟倒退了半步，但是他極快的一拳也落在了慧大爺的身上，慧大爺身上金光好像碎裂了一層，一口鮮血噴出，倒退了三步。

屍王的力量！楊晟至少是屍王的力量啊！

「再來！」慧大爺大喊了一聲，一躍而起，又朝著楊晟衝去，而楊晟面無表情的也一躍而起，朝著慧大爺迎了過去。

他們的動作很快，他們的力量撞擊的聲音，就如同擂大鼓一般，從他們身下穿過的糾纏在一起的蛇群和狼群，全部都避開了他們。

我一把抹乾了淚水，但是我看見陳師叔不斷顫動的身體，我的淚水又再次落下。

「嘭」，又是一陣驚天動地的碰撞，慧大爺一個翻滾落在了地上，那是一片空白的雪地，慧大爺躺在上面，仰天長嘯了一聲，忽然又站了起來，朝著楊晟衝了過去。

這一次恐怕是更糟糕，楊晟的拳頭如同最凶猛的機關槍，連連落在慧大爺的身上，慧大爺面對這種巨力，幾乎沒有還手之力，但他還在堅持著，只要有機會就舉起拳頭，回給楊晟一拳。

風中還飄蕩著慧根兒的嗚咽聲，接著竟然是承心哥粗重的鼻息聲，我不敢回頭，怕看見承心哥的淚眼。

我看見陳師叔的身體一陣猛烈的顫抖，然後盤坐著背弓了下去，頭一下子低垂了下去，我聽見他彷彿是發自靈魂的聲音傳來。

「慧老頭兒，我不行了，我只能走到這裡了……你吃藥。」戰場上飄蕩著這句話，陳師叔的身體已經盤坐著一動不動。

在他身前是碎裂的一地陶瓷，他的頭髮全白，在風中飄揚。

我看不見慧大爺的表情，看不見師傅的表情，看不見正在埋頭在師傅身前佈陣的陳師叔的表情，我聽見承心哥悲慟的哭泣聲，我想回頭，他說：「別動，朝前衝！」

眼淚是熱的，燙得人靈魂都在抽搐，慧大爺忽然仰脖吞下了一顆藥丸，再次朝著楊晟衝了過去。

又是一場不對等的戰鬥，慧大爺快要力竭了，慧大爺提不起拳頭了，慧大爺忽然虎吼了一聲，死死的抱住了楊晟，用力的抵住他，那意思是不要他前進。

兩方的大陣都風雲變色，越來越多的能量在狂暴的聚集……慧大爺的身影在這個時候是如此的虛弱，卻也如此偉岸。

「放開……」楊晟一拳落在慧大爺的背上，慧大爺吐出一口鮮血，沒放。

「放開……」「放開……」「放開……」楊晟的拳頭接連不斷的落在慧大爺的身上，金光層層的破碎，那可是至少屍王的力量啊。

「師傅，放手吧。」慧根兒在我身後哭得厲害，可是不敢停下前行的腳步，我一把拉過慧根兒，手放在了他的頭上，卻在顫抖。

終於……慧大爺的身體軟軟的滑落了，我不知道這一刻我是不是失去他了。

卻看見楊晟又一次的朝著地上一動不動的慧大爺提起了拳頭！

「不！師傅！」慧根兒大吼了一聲，楊晟的拳頭落下，慧大爺的身體猛烈的一個掙扎，然後重重倒地不動了，我的心如同被一千把刀切割，痛得快把牙齒咬碎！

第二百零五章　楊晟的祕密

慧大爺死了嗎？我不知道……此刻就連出色的靈覺也告訴不了我事實，所有的一切都只是眼前看著的。

慧根兒的哭聲破碎在風中，夾雜著承心哥時不時的大喘息。

我很想朝著自己的心口重重的一拳，打散這些悲傷，我不知道慧大爺是否死了，就像我也不知道陳師叔說完一句先走以後，是否也是去了？

我說了，我只能看著看見的……淚水一次又一次的模糊我的雙眼，我多想去扶著陳師叔，抱著慧大爺……可我只能無聲的流淚，然後默默前行。

在這個時候一隻手伸進了我的手裡，有些冰涼帶著些許猶豫，終於還是握緊了我。我不用轉頭，也知道這是誰的手，是如雪！

我下意識的就握緊了如雪的手，她的話語輕輕的落在了我的耳中：「不是承一，不會有這樣的心痛。不要忘了，我會一直支持著你，不管是你身邊，還是在龍墓，一顆心也總為你祈禱。我也難過，可是承一你不要忘記，現在比有難過更重要的事情。」

她說我是陳承一？或許我真的就是吧……我已經不想深究這個問題，只是轉頭無助的看了一眼如雪，好像只有在她面前，我才能這樣流露出一絲悲傷無法發洩的無助。

她握緊我的手，風吹走她腮邊的一滴淚，在場的哪個小輩又不痛心呢？

我不想再看戰場的一切，可是這個斜對著的角度，偏偏看得清清楚楚，我看見楊晟再一次朝著這邊衝了過來，在這個時候，王師叔在拉著一條巨大的陣紋，延伸出很遠，好像也是最後一條陣紋了。

之前就主持著天紋之陣的工作，如今又是畫陣，我從來沒有見過如此憔悴的他，這個陣紋延伸出太遠了，師傅帶領著元懿大哥和吳立宇此時就站在陣中，不停的在掐動著手訣。

其他的修者已經全部入陣，陣法的上空閃爍著金色的光芒，就像有天神要降臨。

在此刻，楊晟已經衝到了離王師叔不到五十米的地方，看著王師叔畫在地上的陣紋，忽然喊了一聲：「怎能讓你擋路……」然後朝著王師叔飛奔而去。

如果這個時候王師叔放棄在畫的陣法，只要稍微朝著左邊跑十米，就可以進入天罰之陣中躲避，畢竟有固陣的陣印定陣，楊晟一時半會兒是進入不了大陣的，而他也急著要踏上這條小徑，估計也不會浪費時間在這個天罰之陣上。

正確的選擇是王師叔應該在這個時候進入天罰之陣……可是，王師叔明明已經看見了楊晟，卻只是輕蔑的看了他一眼，什麼話也不說的專心描繪著這最後一道陣紋。

楊晟急停，躍起，騰空……腳高高的揚起，朝著王師叔的背上狠狠的踢過去。

王師叔不是慧大爺，如何能承受楊晟的一腳，我的心一下子提到了嗓子眼兒……不要！不要這樣，我如何能承受得住他們接二連三的這樣？

在這個時候，承真終於哭出了聲音，大喊著：「師傅，你躲開啊……」

王師叔好像聽見了一樣，在這個時候，忽然扔下了手中的陣紋之筆，朝著承真慈愛的笑了一下，卻半分沒有躲開的意思。

「嘭」的一聲，楊晟的腳重重踢在了王師叔的背上，他的整個身體一下子被高高踢飛，然後重重朝著陣中落去，鮮血從他的口中噴出，灑落了一陣。我分明看見還有內臟的碎塊……或許是，或許不是？

我的熱淚再次模糊了眼眶。

「啊……」是承真幾近崩潰的聲音，在這個時候肖承乾過去，一把拉起了承真，聲音哽咽的說道：「不要忘記，我們要走下去……只要沒死，就要護在承一的身邊走下去。」

「砰」，王師叔落在了陣法之中，陣中的白雪夾雜著鮮血的痕跡，是那麼的觸目驚心。

「哈哈哈……咳……哈哈……」王師叔竟然就這樣躺在雪地之中大笑了起來，然後說道：「我豈會讓開？這一陣需要用鮮血獻祭……我完成了，咳……哈哈哈……」

他的聲音越來越虛弱，然後轉臉分明是遠遠的看向了承真，他舉起手來，好像是要撫摸承真的頭髮那般，最後卻是重重的落下。

王師叔不動了，在含著冰的細雨絲中，就這樣仰面倒在了陣中。

「這天氣好怪。」我明明痛得喉頭都發痛，人卻是恍惚得不得了，加在身上的壓力更重了，我卻好像沒有感覺，渾身冰涼的只是悶頭走著！

我跑不起來……這是我所能走動的最快速度，我不知道我在想什麼，是在想天氣怪嗎？為什麼忽然不下雪了，而是下起了冰渣子，還帶著絲絲的細雨，是老天爺在哭嗎？

陣法的那頭，是正在施術的三個人，他們就守在小徑的入口，元懿大哥、吳立宇……我師傅！

我的手更加冰冷了，如雪緊緊握著我的手，王師叔的大陣忽然攪動得這個陣法的上空風雲變色，終於是開始啟動。

楊晟要上到這條小徑，必須走過這個陣法。

楊晟沒有想到王師叔會如此，只是沉默了一下，毫不猶豫的踏入了陣中，在這個時候，元懿大哥首先踏動步罡，一時間，幾乎是百道落雷齊齊的轟向楊晟。

楊晟只是輕蔑的看了一眼天空中的雷電，以他的屍王之軀，還不至於怕這些雷電。

果然，雷電落下……楊晟的身上衣衫破碎，頭髮也變得焦黑，可是他的腳步卻未停下，他一步又一步堅定的朝著這邊走動，元懿大哥沒有睜開眼睛，只是再次引落了百道雷電。

就像一隻螞蟻咬不死大象，百隻螞蟻同樣咬不死大象，楊晟依舊前行得堅定無比。

在這個時候吳立宇也動了，借著王師叔的陣法他也同樣引落了道道的雷電，比元懿大哥引動的雷電更多，而且在絲絲的普通雷電之中，還夾雜著幾道天雷。

「轟轟轟」，雷電不停的落下……在這個時候，楊晟終於停下了腳步，看了一眼天空。

我發現他對天雷還是顧忌的，可是他的手一揮，我一下子瞪大了眼睛，看見了他身體的上空，出現了一條環繞的河流！

曾經我看過這熟悉的一幕，鬼打灣的那個神，在他的身後就有這樣的一條河流——命運之河！

為什麼楊晟能夠複製這個術法？難道……我想起了那一次鬼打灣的大戰，說實話如果不是利用天道法則，我們根本不是那個神的對手，真正封印他的是天道的法則，我們利用漏洞破開了空間……是天道在追殺他！

我又想起了楊晟最後的出現，是為了爭奪那顆已經沒有用的天紋之石，我以為他是要做什麼？如今，我好像明白了，他根本就是為了躲藏在天紋之石裡的那個昆侖殘魂！

他能複製這個術法只能說明一點兒，他吞噬了那個昆侖之魂。

「轟」，再一次又是幾百道雷電落下，但是夾雜著各種氣場的命運之河一下子將楊晟環繞，水波激蕩之間，雷電竟然被無聲的吞噬！

除了那幾道被削弱的天雷，落在了楊晟的身上！楊晟發出了一聲悶哼，師傅在這個時候睜開了眼睛，一道道金色的天雷在他的上空快速凝聚著。

楊晟的眼中第一次流露出了忌諱的神色！

第二百零六章　悲壯

的確是忌諱的神色，可是這忌諱也沒有多深，而在忌諱之上，我見到了楊晟稍許猶豫了一下的神情。

他還會猶豫嗎？我以為他已經徹底的不是人了，他在猶豫什麼？

在這個時候，巨大的悲傷差點把我的心臟擊碎，因為我知道命運之河的力量，就連天地禹步這種頂級的道術都不能囚禁這力量，何況是天雷？

曾經，師祖就以自己殘魂的力量幫我抵擋了一道天雷，而命運之河的本質是什麼？是帶著層層疊疊各種力量的靈魂力！

我的悲傷源自於我可以預見師傅他們會遭遇什麼，而最讓我難受的是，我不能盡情的痛苦，腳下的路還要繼續。

我的手指在顫抖，如雪的手給了我無限的力量，她用力握住我的手指，讓它不要顫抖，但在漫天的雷光之下，我看見那道命運之河終於將楊晟包圍，他再一次的開始動了。

師傅很鎮定也非常從容，借助王師叔的大陣，那金色的天雷在他的頭頂不停的編織，我知道這是老李一脈的絕對祕術之一——雷罰！

讓天雷的力量重重重疊，然後施術在一個人的身上，猶如天地真正的雷罰降臨。

「如果可以，承一，你不要看了。」我的手幾乎冰涼得沒有溫度，眼睜睜的看著是何其殘酷？如雪低聲勸慰我。

「不，我要看著。」我幾乎是從牙縫中蹦出這幾個字，因為要面對的不只是我，我的同門和小小的慧根兒不也一樣面對了嗎？

痛苦會讓人更加堅強，也許在最後的時候，它們會化作我的力量。事到如今，我不會傻到不明白，我們的長輩們在用最後的生命為我們爭取時間，在用最後的生命去削弱楊晟，讓我們多一點輕鬆。

這就是他們給予我們的最後的……無言的大愛。

這一切，我得看著，我必須看著！

我看著楊晟在雷電中一步步走來，走到了首當其衝的元懿大哥面前，聽見了承願撕心裂肺的哭喊，被承清哥緊緊的擁入懷中，元懿大哥的神色淡然，在那一刻，他的手中依舊保持著掐訣的姿勢，當楊晟大吼著滾開，拳頭落在他身上的時候，又是十幾道雷電從天空落下！

他的身形飄飛，是被楊晟一拳打飛，重重撞在山壁，然後慢慢滑落倒下，只是染血的嘴唇，在這一刻忽然勾起了一絲笑容，無悔的神情，冰雨中恍然回到好多年前，他在我身前倒下的一幕……他的驕傲，他的道。

這一次，他沒有任何的問題，最後留戀的目光望向了承願，或許已經是說不出話來，他很是費力的舉起了手臂，伸出了大拇指，然後重重的落下再無聲息。

「爸……」承願哭喊著，然後聲音淹沒在了承清哥的懷中，這最後一下朝著承願伸出大拇指是什麼意思？是誇獎承願，是讓承願加油？還是許多年想對承願說的一句「女兒，妳很棒？」

我已經無從得知，只是看見在這一刻，肖承乾如同一頭孤狼一般，從嗓子裡發出了極度痛苦壓抑的嗚嗚聲。

因為楊晟已經衝到了吳立宇的身邊，吳立宇的樣子其實很英俊，否則也不會有肖承乾這樣標緻的外孫，我第一次發現認真而淡然的吳立宇身上有一股正氣，只是以前被什麼東西給遮擋了，他此刻像極了一個在戰場為正義而戰的將軍，到了最後，也在守護著身後該要守護的一切。

楊晟和他是認識的……所以，在重重的雷霆之下，楊晟第一次停下了腳步，命運之河就在他的身邊湧動，翻起層層的藍色「水花」。

「讓開。」我們已經在這條小徑上前進了將近三分之一的路程，楊晟顯然也有一些焦急了，但是他還能停下來對吳立宇說一句讓開。

也只是如此了，沒有多餘的廢話，可能在楊晟在心裡，吳立宇當年從荒村接他出來的情誼，也只剩下這樣的價值了。

面對楊晟，吳立宇忽然笑了，這是我第一次發現吳立宇笑得如此開懷，像是放下了一切包袱，看到了新的天地，笑得是那麼暢快。

「我吳立宇錯了大半輩子，最錯的就是造就了你這個怪物！但是老天爺真的是仁慈的，它會給任何人回頭的機會，哪怕是生命最後一刻的悔悟，何嘗又不是一顆心得到了錘煉，更加接近道了一些呢？」吳立宇忽然這樣大聲的說道，伴隨著的卻是一種非常輕鬆的語氣。

「讓是不讓？」楊晟的耐心好像已經到了極限，吳立宇說話的時候手訣連動，並沒有停下任何的動作。

在他身後，我師傅的頭頂之上，一把金色的天雷之劍已經快要慢慢成型。

吳立宇其實是在為我的師傅拖延，在這個時候兩方的大陣之上，空間已經開始扭曲，有一種恐怖的天地能量在大量的彙集，就感覺是有什麼會讓人顫慄的東西要出現了。

一切都到了最關鍵的時刻，誰也沒有注意到，在這個時候有一道決然的身影，朝著師傅他們靠近。

「不讓，今天老天爺看見，天下英雄看見……我吳立宇終於走上了大道，並且衛道而戰，有什麼讓開的道理？」說話的時候，吳立宇終於再一次的成型了手訣。

一百多道雷電從天而降，夾雜著一、兩道天雷，落下了楊晟的身上。

雷電自然被楊晟的命運之河所淹沒，只有一道天雷分外強韌，稍微穿透了命運之河，在楊晟的臉上留下了一道小小的焦黑印記。

但楊晟絲毫不在意，只是對吳立宇大吼了一句：「不讓那就滾開……」同樣是一拳揮出，吳立宇仰天噴出了一口鮮血，但可能他的身體更強悍了一些，只是踉蹌著並沒有倒下。

「真是可笑，你在我身邊有一段日子了，竟然也會叛變？」說話的時候，楊晟又是一拳，這一次是重重擊向了吳立宇。

他把吳立宇說成了是叛變，我發現楊晟竟然需要那麼多的認同？我以為他已經瘋了，別人的認同對於他來說就是一個狗屁。

「噗」，吳立宇如何能挨得住楊晟這種力量的重拳？終於他的身體也飄飛了起來，同樣重重的撞上了山崖……可是吳立宇在笑，然後在碰撞的那一刻，笑聲戛然而止。我能聽見的只是肖承乾撕心裂肺的一聲大喊：「楊晟，你他媽是條狗……」

而承真從背後抱住肖承乾的背，同樣哭得撕心裂肺。

肖承乾一向是這樣的風格，這次已經被悲傷刺激得口不擇言，連罵都不知道怎麼罵楊晟了。在這一刻，我們或是擁抱或是牽手，或者互相的扶住著，這樣前行。

從沒有這樣一刻的孤獨，老一輩在我們面前紛紛的倒下，剩下的只有我們相互取暖，忍著悲痛走下去。

吳立宇倒在了師傅面前不到五米的地方，在這一刻，我終於看見了師傅的表情，平靜之下，掛著兩行淚水，吳立宇的嘴唇還在動，喃喃的像是在說著什麼，沒人聽得清楚。

可是從口型上來看，卻能看得很分明，那分明就是在說：「承乾，我的好孫兒……好孫兒……」

「啊……啊……」悲傷根本無法發洩，在這個小小的山坡之上，呼嘯的冷風之中，傳來了肖承乾一聲又一聲受傷的長嚎……哭不出來了，只有那樣嚎叫，才能發洩心中那快要擊倒自己的悲傷。

我的一隻手被如雪牽著，但在這一刻已經壓抑不住顫抖，而另外一隻手，指甲刺進肉裡，我覺得非常的痛快，在這個時候恨不得把自己刺得遍體鱗傷，這樣會不會就可以掩蓋心痛？

楊晟已經走到了我師傅的面前，他抬起了一隻手，就如同當年的神。

命運之河藍色的力量在他的手前層層疊疊的重疊著，如同神操控命運之河重現，一隻藍色的大手在快速的成型。

「姜師傅，我不想殺你的。」楊晟這樣開口了。

他的腳步不停，一下子踩過吳立宇的身體，吳立宇再次噴出了一口鮮血，然後沉悶的倒地，楊晟的神情就像只是踩過了一隻死狗。

第二百零七章　驚天大陣

楊晟的行徑顯然激怒了所有人，而且明顯是故意的，他的臉上流露出不忿，對於吳立宇，他只有那一句忿忿不平的叛徒，那神情就像一個不被理解的偏激小孩，任誰勸說也沒有用。

肖承乾已經憤怒得無語了，不論一路上我們如何的流淚、痛苦、嘶吼、擁抱、扶持……我們也不會忘記，老一輩這樣的犧牲是為了什麼！

所以，這一切也只是被動的眼睜睜的看著，但是腳步卻是不敢停下。

師傅的神情已經沒有了憤怒，兩行清淚之下，只是淡淡的一句：「道不同，不相為謀。」

「姜師傅，我一直是尊敬你的……」楊晟步步緊近，神情之間有一種想要得到認同的渴望。

他不是離成功只有一步了嗎？如果打倒我的話。

我的心已經變得冰冷，巨大的傷痛變為了一種來自靈魂的麻木，壓力什麼的……我已經感覺不到，全化為了腳下的步伐，最快的，能邁到最大的步伐。

「動手吧。」師傅打斷了楊晟的話，手訣掐動之下，那道由天雷編織成的金色大劍朝著楊晟毫不留情的劈砍下去。

楊晟雖然表面說著不忍，但何嘗不是一直在防備著我師傅？

在大劍落下的瞬間，那雙藍色的大手一下子就握住了大劍。

滋啦啦的聲音響起，碰撞正式開始。楊晟身前身後纏繞的命運之河開始像沸騰一般，不停的去包裹著那雙藍色的大手，而師傅面紅耳赤、青筋鼓脹，雙手吃力的掐訣，讓金色的大劍全力前進。

這是一個痛苦的消耗戰，藍色的大手被不停消融穿透，然後被新的力量包裹。

而金色的天雷之間帶著沉悶的轟鳴之聲，層層的前進，也層層的削弱。

王師叔的陣法在這個時候，亮到了最詭異的程度，好像是為那大劍不停的在補充能量，但到底比不過楊晟的命運之河，至少從表面上來看，楊晟的命運之河依舊澎湃，並沒有消耗到不能承受的地步。

這是一場拉鋸戰，不得不承認在聯手之下，師傅為我們爭取了更多的時間，我們一路前衝著，這條蜿蜒的小徑已經行走了一半，那一座周圍空間扭曲的孤廟已經近了。

卻在這個時候，整個戰場發出了一聲驚天動地的咆哮之聲，讓所有人都不禁側頭看去，在楊晟勢力那邊的祭台之中，吳天用一種詭異的跪拜之勢，雙手的手訣舉過頭頂，面色呈現一種異樣的潮紅，在這一刻陡然睜開了雙眼。

所有楊晟勢力的人，緊閉著雙眼的臉上都出現了一種吃力的神色，而在這個時候，上空扭曲的空間開始快速的旋轉，然後形成了一道黑色的裂縫。

裂縫之中，彷彿帶著一種絕望的黑暗，未知的罡風在裂縫之中咆哮，帶著時間的悠遠，卻又有一種巨大的恐懼似乎要將所有的人包圍，這種恐懼讓人情願立刻去死，也不想進入到這個裂縫當中。

我努力的把目光從裂縫中移開，好像山坡上的風更大了，壓力也讓人快要喘不過氣，之前出現了瞬間的師祖，在慘劇連連之下，依舊是讓人猜測不透的沉默，他心愛的徒弟一個個死在了自己的面前，難道他還能看透有另外一個結局嗎？

是的，我感受不到這些長者的徹底死亡，在這個時候，我也不需要感受！眼前的事實已經再清楚不過了，在戰場之中被幾條大蛇刻意保護著的慧大爺的屍體，就這樣仰面倒在泥濘的雪地中，雙臂張開，絲絲的細雨彷彿在為他清洗血污。

王師叔一隻手臂前伸，趴在了被他鮮血灑落的陣法當中，看不清楚神情，只是吹過的風會偶爾帶起他的白髮。

元懿大哥靠在山崖之下半躺著，右手輕輕的握拳，大拇指還伸出，只是那隻手臂已經無力的搭在身側。

吳立宇仰面躺在師傅五米左右的身前，臉上還留著一絲笑意，和一個「孫兒」的口型，嘴角全是噴出的鮮血，順著雨水已經流落一地。

怎麼看，也是沒有生機了，不知道為何，我的淚眼再次模糊，卻被再一次驚天動地的嘶吼吸引了全部的注意力，我只是麻木的走著，卻看見那裂縫之中好像浮現出了無數的人臉、絕望、慘澹、枯瘦……一雙雙亂舞的手臂掙扎著，好像想要衝出這個裂縫。

我的靈覺何其敏銳，儘管在這個時候已經痛得麻木，但我還是感覺到了，那每一張人臉背後所代表的魂靈，放到這世間都是驚天動地的厲鬼，個個怨氣戾氣沖天，任何一個都能造成這世間慘烈的血案。

難道吳天要把他們放出來？他是對自己子孫吳立宇的死都那麼麻木的人，就算做出這樣的事也不足為奇，他彷彿是這個世間自私到極限的代表。

但我預料錯了，他根本不是要放出這些厲鬼，而是在聲聲的咒語之下，他召喚來了另外一個存在，在這個時候，一雙青黑色的大手，帶著尖銳的指甲，一下子伸手抓住了裂縫。

那驚人的氣勢，讓那些想要掙扎出裂縫的厲鬼紛紛迴避。

然後又一隻大手，抓住了另外一條裂縫，淒厲的嘶吼從裂縫中傳出，兩隻大手陡然用力，就像要撕開這裂縫，掙扎而出！

那是什麼？在這個時候，每個人心頭都在震動，而我則是在麻木中想起了一個古老的說法——鬼帝！

眾鬼之中最高的存在，原本是可以修到那個級別得成正果的，畢竟鬼修也不是什麼太過離譜的事情，但是有一種鬼帝卻徹底絕了這種路！

他們是生前就大惡之人，魂飛魄散也不足以懲罰它們的罪惡，因為它們需要受到鎮壓，來消解無辜的怨氣，來了結因果之後，才會魂飛魄散，所以它們被鎮壓在了地獄的最底層，在那裡全是罪惡的大惡之人，身上的煞氣怨氣滔天，它們彼此爭鬥，中間最終就會誕生鬼帝。這種鬼帝無論到了何種程度，最終也會被輪迴不休的天劫轟殺至死，它們就算成為鬼帝，也要承受那無盡地獄的折磨，來還惡果。所以，是更加的暴戾、恐怖、無情、瘋狂的存在。

吳天竟然要召喚這種鬼帝來世間？他難道不知道，這種鬼帝一旦失控的恐怖嗎？那不會比楊晟帶來的劫難小！

我心中的重任和憂慮，差點把自己的心臟撐爆，更何況，那些看似麻木的悲傷其實稍微震動一下，都會痛入靈魂。

在這種壓力之下我已經無聲了，在冰雨與冷風之中，我只懂得大步的前進，那些壓力我不給自己一點兒的適應時間，所以鎮壓之下，我的口鼻全是鮮血，但我顧不上，我知道只有接近了那座孤廟，一切才有希望。

吳天這邊搞出了這麼大的動靜，而正道這邊的天罰之陣，在這一刻終於也出現了巨大的動靜，金光大盛之下，幾道金色的雷電幾乎映照了整片草原，金色的雷電在天空中也撕裂了一道巨大的口子，沒有鬼帝出現這樣驚天動地，只是一個模糊的身影，在那道巨大的口子之中，變得漸漸清晰。

「天啊！」儘管每個人都悲傷難受，但在看清那道身影以後，女孩子都驚呼出聲了，而男人卻是震驚得沉默了！

那道身影是什麼？是真正傳說中的存在，掌管著雷電的……雷公！

翅膀、尖嘴、手持著雷槌，像「妖」一般的身影，這不是雷公又是誰？

那道虛影無比龐大，投射在那道天空中的口子裡，旗鼓相當的並不比鬼帝的身影小，還未出現就與鬼帝的氣勢對撼！

天罰之陣，好一個天罰之陣……原來召喚的並不是我想像中的萬千雷罰，而是直接召喚出了雷公！

「承一，朝前衝啊！」在這個時候一聲熟悉的嘶吼忽然從山坡的下方傳來。

我身體一陣顫抖……師傅！

在這一刻我忽然不想面對，如果不面對，我是不是還可以有幻想？

第二百零八章　師傅

可是我怎麼可以不看？再殘酷我也必須要看著，就算一邊頂著巨大的壓力前進，我一邊也要死死的看著。

原因只有一個，我怕這是我看師傅的最後一眼。

此時由於小路的蜿蜒和曲折，我必須要轉頭才能看見了，那一刻我第一眼看見的，就是師傅放下一切的欣慰笑容和對我不捨的眼神！

他的臉色很疲憊，看樣子已經是到了極限！

不管是之前的颶風之術，還是此刻的天雷之術，都屬於祕術的範疇，師傅連連施展，到了極限也是正常的。

看見如此的師傅，我眼中的淚水就跟控制不住一樣的滾滾而落，心中的不忍造成了巨大的心酸，我不想他在這一刻還帶著巨大的疲憊，可這何嘗不是我輩人的歸屬，也許師傅的心中是圓滿的吧？

在這個時候，那道天雷編織成的大劍，已經變得非常模糊，可是師傅在喊了這一聲讓我向前衝以後，忽然自拍胸口，一口精血噴出，灑落在前方的天雷之劍上，那把劍如同得到了新的補充，猛地一刺，一下子刺穿楊晟的藍色大手。

在刺穿的同時，那力道也彷彿到了極限，看似輕飄飄的落在了楊晟的身上，然後猛地炸開，撕開了楊晟腹部的黑袍，留下了一道焦黑翻捲的傷口。

而那傷口就這樣翻捲著，如同剛才吳立宇造成的傷口一樣，並沒有馬上癒合，即便楊晟的身體強悍到了這個地步……也沒有！

「並不是沒有弱點，天雷可以給他造成傷害的。」師傅忽然朝著我們大吼了一句。

「姜師傅，我一向敬你，你就這樣對我？」在這個時候，楊晟的神情陡然變得猙獰，直直的看著師傅。

師傅知道這一刻要面對什麼，神色反而變得非常淡然，只是看著楊晟說了一句：「不是你的，終究不是你的，就算得來了術法，再強悍，你也不能運用純熟，所以你敗我一招！就像不是屬於這個世間的力量，你何必強留。」

「我怎麼可能失敗，你還試圖勸說我嗎？你不用再說了，因為你竟然傷了我。」楊晟一步一步的朝著師傅前進，神色變得更加猙獰。

師傅很是安然的撫摸著手中的旱菸杆子，就像是在同一個老夥伴道別，楊晟忽然一聲大吼，提著拳頭就朝著師傅猛地衝了過去。

「老夥伴，你去了吧。」師傅在這一刻忽然拋飛了手中的旱菸杆子，那果然是一個道別。

在此刻，我的心中像是猛然被一塊大石擊中，痛疼沉悶得我一下子就一口甜血堵在了嗓子眼兒。我沒有以為別人對自己的長輩感情不比我深，我只是……只是好像比別人更加承受不起。

「噗」，我的一口鮮血一下子就噴了出來，身體也搖搖欲墜，太過心痛了，我就要承受不住。

如雪在這個時候一把抱住了我，在我耳邊說道：「眼睜睜的看著很痛，那就更不要忘記自己要做什麼！」

我搖搖欲墜的身體被如雪抱住，我的拳頭緊緊的捏著，幾乎咬碎了自己的牙齒，血液混合著唾沫倒流，讓我的嘴裡瀰漫著一股說不出來的甜腥味兒，卻聽見師傅一聲悲痛欲絕的呼喊：「凌青，妳這是為何……」

凌青奶奶！我感覺到如雪貼在我身後的身體在顫抖，我含淚的模糊雙眼朝著下方看去，剛好就看見在楊晟衝到師傅身前的瞬間，一個柔弱的身影忽然飄然而至，那速度如同爆發了生命潛力的極限，一下子插在了楊晟和師傅之間。

「咚」，楊晟是顧不得來人是誰的，一拳已經狠狠的砸落，在這個時候，我已經清楚的看見，那是凌青奶奶擋在了師傅的跟前。

巨大的拳力，讓師傅的身體朝著後方倒去，近乎成四十五度角，那是因為他一下子抱住了凌青奶奶，幾乎等同於兩個人同時承受了拳力。

「噗」，師傅在這個時候也吐出了一口鮮血，凌青奶奶就這樣撲在師傅的懷裡，她的聲音被山風斷斷續續的帶到了我們的耳中：「立淳，就算不能廝守，難道就不可以同生共死了嗎？這就是我給你的答案……這一生我太累，但我……但我終究做到了。」

「凌青啊……」師傅緊緊的抱著凌青奶奶，忽然朝著老天大吼了一聲，悲淚長流。

我跟在師傅身邊那麼多年，這是我第一次看見他和凌青奶奶如此親密，也是第一次看見師傅收起了那副玩世不恭，不再掩飾悲痛的情緒。

「奶奶……」如月在這個時候也忍不住放聲痛哭，而如雪在我身後，安靜得就如同一縷清風，可是我感覺到脖頸處的濕熱，如雪太不擅長表達，從認識她到現在，她也只是這樣，躲在無人的角落，壓抑著自己一切的情感，儘管內心如火。

可是，我們不能停下……必修抓緊一切的時間前行，在這個時候，小路的一個拐角出現了，走在這裡，我們就看不到山腳下的一切了，我已經無法說出我的一切心情了，我看見師傅緊緊的抱住凌青奶奶，在這個時候抬頭，看了我一眼……那一眼，我看到了一種決然。

我的心如刀割，我知道師傅在這個時候，已經做好了一種必死的決心了，他在同我道別。

但師傅啊，要怎麼道別？一年又一年的歲月，在那個我小小的嬰孩的年紀，你抱起我的那一刻，我們就開始的緣分……

我已經哭不出來了，氣血翻湧，在這一刻再一次的堵在喉間，可是被我強咽了下去，我看見師傅抱著凌青奶奶的身影飛起，然後重重的落地，被楊晟提了起來，又是一拳……

「你為什麼到最後也不理解我？帶著你的徒弟也不理解我？」楊晟彷彿受了很大的委屈，在大聲吼叫。

師傅無言的沉默，只是身影再一次的被拋飛，然後落在地上，我悲痛欲絕，只是大吼道：「楊晟，你上來，我要你死！」

楊晟走到了我師傅的跟前，此刻師傅半趴在地上，緊緊的抱住懷裡的凌青奶奶，我能看見他的嘴角，面上全是鮮血，他抬頭看我，眼神中第一次那麼軟弱，流露的全是不捨和慈愛，我看見他的嘴唇在動，那口型我太熟悉……我聽過千百次——「三娃兒」「承一」。

他在叫我……楊晟狠狠的一腳踏在我師傅的背上，師傅噴出了一口鮮血，然後一下子垂下了頭……

在那一刻，我有一種整個世界都破碎的感覺，覺得我好像失去了好長好長一段歲月，我的腳幾乎支撐不住我的身體，就要倒下，被強行咽下去的一口鮮血，終於還是噴出了喉頭。

好痛……！

「承一，朝前走。」一雙顯得是那麼柔弱的手臂，用出了那麼大的力氣，一把拉起了我……是如雪。

我被拉起，看著如雪說不出話來，彷彿看見了在龍墓那一年的她，為何這個柔弱的女子，總是在這麼殘酷的時候，可以那麼的堅強？她剛才也失去了對她來說，等於是至親的姑奶奶啊。

「我知道你在想什麼，你不明白我為何面對這種事情還可以冷靜，那是因為無論發生了什麼，要做的事情都要做下去……人如果真的太怕辜負和失去，那唯一能做的，就只是做好自己的事情。我奶奶很幸福，因為如果是我，同樣也會那麼做，那麼做了，我會很幸福。」如雪在我耳邊輕聲的說道。

我擦去了嘴角的鮮血，摸了一下沉痛到麻木的胸口，一下子緊緊握住了如雪的手，她說得對……我如今剩下的只是不辜負，我不能辜負！

我繼續前行，那個拐角就在眼前，我快看不見師傅的身影了，我從小的依靠真正的倒下了，在這一刻，我要還他一個犧牲的意義和心安。

而楊晟在這個時候，也只是摸了一下腹部的傷口，也毫不猶豫的踏上了那條小徑。

「吼」，那個鬼帝已經從無盡的地獄中爬了出來。

「叮」的一聲脆響，一道帶著無盡威勢的雷電，撕破了這片天空……一道純正的天雷耀眼在整個天地！

第二百零九章　新一輪的悲傷

終於兩方的大陣已經開始碰撞了！

鬼帝雖然厲害，但畢竟沒得果位，而在傳說中無盡的地獄深淵，也不只有一隻鬼帝。

而雷公從來都不是小神，且不論掌管風雨雷電的神，其實都該算驚天動地的大神，普通要判斷神是否高位，只需要一點就能明白，那就是擁有不可複製的唯一神位之神都是大神。

就像天兵天將可以有很多，但何時見過掌管風雨雷電之神能有很多？那是唯一的……

所以說，那個所謂神祕門派的陣法給了我很大的震撼，竟然召喚來了雷公，四百九十人的大陣，全由大能鎮陣，加上陣法神祕，豈是簡單的？

只不過也不是驚天動地到真的召喚來了雷神，明白人都知道那只是一縷雷神投影，至於維持的威力有多大，相當於真正雷神能力的多少？恐怕只有維持陣眼的老掌門和珍妮大姐頭才知道。

我不會忘記老掌門那句話，大陣彌補了一點距離，但這一次由於吳天的介入，正道實力整體的是不如楊晟那邊的勢力的，拖不下去的時候，就是魚死網破的時候。

雷公是很震撼，恐怕吳天自身也震撼了，但比不過的是，雷公只是一縷投影，而鬼帝是完整的被召喚了出來。

那一道天雷擊打在了鬼帝的身上，引來了鬼帝驚天動地的一聲怒吼，但到了鬼帝這種級別，天雷的傷害也是有限了，它在徹底的清醒以後，看見了雷公，下意識的就畏懼躲閃了一下。

但之後看見只是雷公的一縷投影，忽然就變得囂張了起來，在怒吼之後手臂一劃，這方天地之間陡然刮起一陣陰沉的旋風，無數厲鬼的呼號夾雜其中，這是來自地獄的罡風，帶著無盡的怨氣和戾氣，本質上和吳天之前在戰場召喚的那黑色旋風有些相似。

不同的是，鬼帝從地獄召喚來的罡風之中有無數厲鬼。傳說中，要是刮過一個村子，甚至一個小鎮，所過之處，活口無存。

而那邊，雷公的虛影神情之中也透出一絲憤怒，我不知道這虛影之中是否含有雷神的清醒意志，但這憤怒肯定是表明了，不想這個世間，還有人敢用如此有傷天和的術法，讓他憤怒。

所以面對這樣的罡風，雷神在天空一躍而起，手中雷槌連敲，天地之間風雲變色，層層烏雲累積，一道閃電撕裂天幕以後，忽然萬千雷電齊聚，帶著驚人的轟鳴，轟向了那道罡風。

這鬥法的級別完全就不是我可以想像的了，原本這種世間真正最頂級的鬥法，是肯定會讓我心馳神往的。不說我，就是這世間任何一個修者，都是如此，那代表著一種境界，一種大道的希望。

但是在悲傷之下，我如何還有那種心情，不管是什麼級別的鬥法，都只是這場大戰的代價，而我背負著莫名責任的這個事實不會改變，就算我此刻的悲傷如同蔓延的大海，也必須要堅持的責任。

在那一刻，天地之間的震撼和震動，都與我無關了，甚至連這片山坡上出現小型地震般的震動，也無法阻止我前行的腳步。

不論是召喚雷神還是召喚鬼帝，都必須要大陣的維持和眾人法力的不斷支持，只是一回合的鬥法，我看見楊晟勢力那邊不少的修者就開始口鼻噴血，那是法力和精神力都消耗過度的表現。

而在正道這邊情況也好不到哪裡去，有一個修者顫抖著倒下了，然後又顫抖著支撐著自己再次盤坐起來。

勉強去維持陣法是會要人命的，我知道，但是分外沉默，事到如今，對於犧牲我還有什麼不能接受的？我只是但願，我不要讓這些犧牲變得沒有意義。

我的神色變化，都被身旁的如雪看在了眼裡，在這種時候她從來都比我看得通透，只是對我說道：「承一，拿出自己最後的一分堅持和力量，無悔就夠，負擔太重其實也沒有意義。」

我沉默著點頭，我知道如雪是在安慰我，但這負擔就是我唯一的路，一條破釜沉舟拚盡全力的路，只因為我的眼前已經看不清楚任何前行的風景，浮現的只是老一輩一個個前仆後繼犧牲時的樣子……我怎麼捨得辜負？

在這個時候，前行道路的壓力已經變得非常大，但我還能夠承受，眼前的孤廟說起來距離我不足兩百米了，但我的速度始終快不起來，看似輕鬆的前行，其實每一步都是要付出極大的力量。

無論是肉身還是靈魂！

我可以不看大戰場的驚天動地，但我無論如何也不可能不關心楊晟的那邊的情況，在這個時候的楊晟已經登上了這條小徑，而且速度極快，至少比我們當初踏上這條小徑的速度快了一倍不只。

如果這樣下去，被追上是遲早的事情……我咬牙，我要如何才能再快一些？

在這個時候，為什麼師祖的靈魂沉默如山？

好像是感應到了我的目光落在了他的身上，楊晟忽然也在這個時候抬起了頭，目光和我相撞，然後大聲朝著我說道：「陳承一，你心中不是恨極了我，不如等我一戰如何？」

我的牙齒幾乎咬碎，但一低頭還是繼續前行，之前老掌門給我的叮囑，我不可能忘記，在這個時候，我怎麼可以因為個人的情緒而耽誤大事兒。

但在這個時候，一個聲音卻忽然插了進來：「哥，我走到這裡已經累了，你往前走，一定要走在楊晟的前方！哥，你在我心裡，從來都沒有輸過，這一次也一定不會輸的，就算我可能看不見了，我也一定相信是這樣。」

我的身軀猛然一震，這聲音是什麼意思？這是慧根兒的聲音……他說什麼傻話？什麼叫可能看不見了？

「是啊，陳承一這傢伙黏黏糊糊的，打架也一副悲天憫人的樣子，但就是不會輸，我真是不服啊。承一，我也累了，就在這裡陪著慧根兒了，是你讓我看見了不一樣的生活，讓我有了不一樣的信仰，你最終要證明我是對的啊。」

這是……肖承乾，他？

我再也控制不住心中的情緒，一回頭，看見的是慧根兒陡然扯掉了上衣，那血色的紋身全部浮現在了身軀之上，手臂上的龍型紋身更是活靈活現，就要從手臂飛身而出一般。

他的腳一跺，赫然是一個箭步的姿勢，全身的肌肉開始抖動……顯然是在蓄力，而他的面色脹紅，青筋突出，他是想要打出怎麼樣的一拳？

而在他身後，是肖承乾……在蕭瑟的風中，冰雨已經漸漸的停下，肖承乾伸手抹了一下額前的瀏海，很是優雅的點燃了手中的雪茄，只是吸了一口，就把手中的雪茄拋飛在了空中，看了一眼承真。

承真帶著笑望著他，很是平靜的擁抱了他一下，然後轉頭繼續前行，只是手在臉上飛快的抹了一下。

這是發生了什麼，不是說要陪我走最後的路嗎？他們好像都知情的樣子，為什麼我覺得這麼不對勁？

「承一，走！不要停下。」在這個時候，如雪緊緊的拉著我的手，催促著我的前行，不讓我有任何喘息的機會。

「告訴我，這是怎麼回事兒？」我的聲音都在顫抖，我根本沒有從剛才的悲傷中回過神來，難道又要讓我陷入新一輪的悲傷？

「何必要我告訴你，你應該清楚，命運是一個輪迴，心中的道若是一樣，也必然會踏著前輩的足跡，走得更遠……」如雪的聲音悠悠，在風中傳出了很遠。

我的手感覺又涼了一分，我已經明白了，只是下意識的喊著：「不，不……為什麼要是他們？」

「承一，走！」如雪只是重複著這一句話。

第二百一十章　我只有一拳

「承一，走！」，這一句話到底要承載多少人的生命？沉重到我已經快負擔不起。

在這個時候，我快忘記我是誰了，陳承一、道童子？那都已經不重要了，只因為，無論我是誰，我發現我都不能背負了，若然我真的是道童子，是不是現在可以心思冷靜的完成所有的事情呢？

我怎麼會這樣想？難道我……

可是，我卻無法去細想自己到底是怎麼回事兒，只因為我開始痛恨，為什麼要是他們？和我一路走來生死與共的人，都那麼年輕，論能力也比不得那些修者，為何那麼殘酷，最後一路要安排竟然要是他們？

是他們用生命送我走上最後的路，這才是事實？

沒人給我一個解釋，老掌門沒有，珍妮大姐頭沒有，甚至長輩們也沒有給我一個解釋。

就是這樣默默的讓那麼多年輕的生命跟隨我走上這最後一路，誰能做出這樣的安排，誰能告訴我這是為什麼？

我禁不住仰天，已經沒有聲音……只是閉眼間，以為不會流的眼淚，一直一直的落下。

而如雪的手握著我，彷彿在給我傳遞最後的力量，我想在這一路上唯一冷靜的就是那個穿著白衣，戴著面具的神祕人了吧？他不說話，甚至連催促我都沒有，就是這樣一路跟著我，默默的前行，可我甚至連他是誰，都已經沒有興趣知道了。

我說為什麼面對這麼悲痛的事情，每一個人都這樣的接受了，難道是因為知道自己不久以後也會踏上這樣的路嗎？

不管如何的悲傷、如何的難過、如何的不解，我也只有像如雪說的那樣，「承一，走！」。

但我不傻……誰還能安排這一切？答案呼之欲出，應該是師祖吧？但師祖……別讓我恨啊，為什麼那麼殘忍，要讓我們做到這個地步？

按說師祖的靈魂藏在我的身軀當中，是應該洞悉我的想法的，為何在這時依舊沉默得可怕？

我的聲音顫抖，問著身旁的如雪：「是不是到時候妳也要……？」

「如果有必要的話，何嘗又不是一種成全？」不知道什麼時候，天空又開始飄雪，如雪的神情清清淡淡，只是挽了一下在耳邊的散髮。

「那龍墓呢？」我並不是在這個時候還掛念龍墓，只是我想留給如雪一個生的希望，很多痛苦已經沒有辦法去訴說。

「我只是相信命運。」如雪望著天空的飄雪，牽著我的手，還在一路的前行。

我沉默著，我太明白如雪的意思，如果說命運是要讓她死在這裡，她就接受，一個人可以背負的有限，用心去做就好！

我不知道這一天，在這短短的時間內，我到底還要失去多少……可是，我知道，就算失去了全部，我也要一路走到最後。

我不怕死……到了這個地步，也許死亡也是一種解脫，我怕的是到最後，只剩我一個人活著，而各種痛苦的責任又要背負在身上，那我應該怎樣支撐下去？

在這樣的沉默中，我們又前行了將近五十多米，在那邊的天空之下，鬼帝和雷公的虛影還在繼續著曠世的大戰。這邊沉默的前行是那樣的寂寞，在這個時候如雪忽然開口：「承一，我擔心你。」

「不要擔心，就算之後要放開妳的手，我也會走到最後。」必然犧牲的心情，我何嘗沒有？

大雪洋洋灑灑，楊晟前行的速度很快，至少比我們之前快多了，老一輩們阻擋了他十分鐘，在這個時候，他用不到一大半的時間，快要前行到慧根兒那裡了。

我身下的路途還有一百米了，最後一道之字形的小徑，孤廟就彷彿在伸手可以觸摸的地方，扭曲的空間……我懷疑要將我撕碎。

「楊晟，我只有一拳等著你。」在這個時候，慧根兒忽然爆發出驚天動地的一聲大吼，天空在這個時候亮了一下，一道巨大的虛影出現在慧根兒身後，是一條手捉巨龍的羅漢！

慧根兒的身後出現的是羅漢，而他的整個身體都在泛紅，他大喊了一聲「融」！

在這個時候，羅漢的虛影忽然化作了一道流光，一下子撞入了慧根兒的身體，在漫天的風雪之中，肖承乾行咒的聲音顯得有一些寂寥，可是不知道他是付出了什麼樣的代價，一聲咒語，蒼老一分……轉眼間，風中吹起他飛揚的頭髮，中間竟然是一片一片的雪白。

楊晟沉默著，速度比之前已經慢了一些，但距離慧根兒不足五米的距離了，在這個時候面對慧根兒的話，楊晟忽然一個放聲大笑，然後第一次發出了一聲不似人類的大吼，身體忽然暴漲了一圈，撐破了衣衫，猛地加快了速度朝著慧根兒衝去。

那道師傅留下的天雷之傷，還如此的清晰，但是慧根兒的神色卻平靜得要命，在這個時候，他身上纏繞的流光終於全部的消失，或許是力量承受到了極限，慧根兒的身上忽然泛起了層層不正常的血紅，接著皮膚破裂，絲絲的鮮血滲出。

「來啊！」楊晟提起了拳頭，朝著慧根兒衝了過去。

慧根兒那隻紋著龍型紋身的手臂陡然暴漲，他輕輕的提起來手臂，然後提起了一隻腳，在楊晟衝過來的瞬間，慧根兒忽然放下了手臂，那一隻腳重重的一落，踏得整個山坡都地動山搖。

慧根兒就如同一座山嶽一般，重重的落在了山坡之上，正常人覺得，慧根兒不是應該攻擊的嗎？

可在這一刻，我的心猛地一痛，我知道慧根兒要做什麼，他要硬生生的承受楊晟這一拳，做為慧大爺那個神祕寺廟最有天賦的傳人，他並不是單單是一把進攻的刀，也是一面防禦的盾，只是那個時候，在地下室的刺激，讓他常常選擇的是激進的做法。

「嘭」，彷彿是鐵鎚敲打在岩石上的聲音，楊晟不會有什麼憐憫，一拳已經重重落在了慧根兒的胸口下方。

「定！」慧根兒大吼了一聲，在那一瞬間一張臉頓時紅得就像要滴出鮮血來，全身的肌肉都在顫抖，悲傷的淚滑入嘴角，帶來了苦澀的滋味，但眼睛已經是完全的乾了，再也流不出任何的眼淚，就是刺痛得要命。

也是在楊晟的拳頭落在慧根兒身上的瞬間，慧根兒猛地伸出了一隻手，抓住了楊晟的手臂，他沒有說話，脖子上的青筋鼓脹，只是緊閉的嘴角也流出了絲絲的血絲。

那麼劇烈的疼痛，如果不吼出來，一定是會更加痛苦吧，但我知道，慧根兒是怕一旦開口，內傷會讓自己噴出鮮血，散了那口一鼓作氣的氣息……

「為什麼你們個個都要擋著我？放開，放開！」楊晟的手臂忽然被抓住，忍不住暴怒，他也沒有選擇掙扎，而是提起了另外一隻手，用近乎瘋狂的方式，一連砸了好幾拳在慧根兒的身上。

風雪中，肖承乾行咒的聲音好像更加寂寥了一些，我的眼睛痛得厲害，感覺整個天地都像蒙上了一層血色。

在血色之中，我看見慧根兒提起了手臂，那一條龍像活了過來一般，終於慧根兒出拳了，那一拳揮出，在風聲中帶著龍鳴的聲音，就像在萬鬼之湖的那個擺渡人復活了一般，而天際之中，一條金色的龍搖頭擺尾的出現，然後猛地朝著楊晟衝去。

那一瞬間金光大盛，我不知道發生了什麼，只是在金色神龍消失的時候，我看見慧根兒的拳頭狠狠落在了楊晟被我師傅劈開的那道傷口之上。

「你竟然敢這樣！」楊晟大怒，身體第一次痛苦得弓了起來，但在這一瞬間，他的一記重拳也狠狠落在了慧根兒的腦袋上。

慧根兒的身體飛起，鮮血灑落一路，重重落在山坡上的碎石之間，他在低低的笑，喃喃說道：「我說過，只有一拳的……只有一拳！」

我覺得心很冷，在眼中的一片血色當中，我好像回到了那個荒村，一個小小的身體趴在我的身上，鼻子抵著我的鼻子，我醒來，他叫我哥……

肖承乾的行咒聲不知道什麼時候停止了，風雪之中，一切喧囂都很寂靜……

第二百一十一章　前仆後繼

老吳一脈最厲害的術法就是請神術，就連吳天到最終鬥法之時，都用的是請神術。

但不知道是不是有什麼出現了偏差，他請來的不是神，而是來自地獄的惡鬼。

肖承乾瞬間蒼老的容顏，說明他要動用的術法很是了不得，楊晟的臉色很不好看，估計也是不想再受傷，在肖承乾行咒停止的瞬間，就撐起了那條命運之河。

慧根兒還在咳嗽，隨著他的一邊咳嗽，一些血沫子不停的從他嘴邊噴出而出，漸漸的他也就不動了。

在這個時候，莫名的一道金色流光從慧根兒的身上浮現而出，楊晟一個轉頭，想要伸手抓住，但那道流光速度極快的就衝向了那座孤廟，楊晟什麼也沒抓著，臉上呈現出迷茫的神色。

而我發現，慧根兒手臂上那個龍型的紋身消失了，而慧根兒徹底不動了。

我的心很痛……在這個時候，我也知道孤廟肯定隱藏了巨大的祕密，不能再看到任何人死去了，我要快點到那裡去，在這個時候，已經不用如雪不停的催促我了，我好像到現在才明白如雪的心意。

「哥，你繼續走吧，這一次該我了。」說話的是強子。

「承一哥，我也該停下了，我想早點去陪承乾……」說話的是承真。

「承一哥，承清哥……我說好和承真一起的。」承願的聲音小小的。

為什麼？為什麼你們一個個的……？都留下來，好不好？

可惜，我已經說不出話來，喉頭痛得就跟火燒一般，眼睛好痛，眼前的血色覆蓋了一層又一層。

我只是看見，當楊晟轉頭回來的時候，幾個天兵天將出現了，朝著楊晟殺去，這是肖承乾意氣風發的一招，曾經我見他用過。

可是楊晟的臉上卻呈現出輕蔑的神態，看樣子，他是不想給停留下來的三人太多準備的時間，所以也不想和肖承乾糾纏的樣子，面對那些召喚而來的天兵天將，直接用命運之河的力量強衝，然後整個人衝向了肖承乾。

那些天兵天將雖然厲害，可如何是命運之河，那純粹而渾厚的靈魂力的對手？所以，到楊晟衝到肖承乾面前的時候，那些天兵天將一個個的破碎。

「真是不自量力。」楊晟的眼中帶著輕蔑，好像是在說肖承乾出現在這裡是一個笑話，至少慧根兒還給楊晟造成了巨大的傷害。

也不知道是賣弄還是吸取了慧根兒剛才給他的教訓，楊晟並沒有用拳頭對付肖承乾，而是用藍色的命運之河的力量凝聚成了一隻大手，朝著肖承乾一下子抓去……

「就讓你在這河流中永生吧。」楊晟大吼了一句，這一招我見神用過……強行抽取人的一切。

肖承乾其實可以避開的，可莫名的他卻忽然朝著藍色的大手衝了過去，在那一刻，我彷彿都可以看見他的靈魂要被拉扯而出，但一兩步的距離，他還是衝到了楊晟的面前，勉強穩住了靈魂！

「陳承一有資格戰勝我，你一個邪門歪道有什麼資格？」在這個時候，肖承乾忽然衝著楊晟大吼了一聲，一下子伸出了他的右手，完全變黑的右手猛地一下抓住了楊晟腹部那翻捲的傷口。

被師傅用天雷破開，又遭慧根兒用拳頭轟擊，那條傷口裂得更大了，但沒有鮮血流出來，翻捲著的肌肉有絲絲詭異的紫色紋理。

顯然肖承乾這一下讓楊晟防備不及，那黑色的右手抓住了楊晟的傷口以後，手上的黑色就快速的朝著楊晟的傷口湧去。

我眼睛很痛，忍不住閉了一下雙眼，道術千變萬化，有些生僻的不代表沒有……肖承乾的請神之術根本就是掩飾，他到最後真正要用的是這一招——詛咒術！

他的手並不是黑色，而是被一層黑色的詛咒籠罩，因為是以壽元為祭祀，所以這詛咒太厲害，厲害到肉眼可見的黑色。

這術法很邪，但用它的人是一個好人——肖承乾！

「啊……」楊晟第一次發出了一聲慘叫，眼看著他的傷口就開始腐爛，癒合，又腐爛……像極了曾經的他。

當我聽見這聲慘叫，睜開眼睛的時候，正好看見暴怒之下的楊晟一拳打在肖承乾的身上，肖承乾的肉身如何和慧根兒相比？

他什麼都來不及說，從口鼻噴出的鮮血濺了楊晟一頭一臉，他像一片風中的落葉朝著天空飄零而去，他側頭看了一眼承真，好像有千言萬語一般。

我看不見承真的表情，只是看見一面又一面的陣旗從承真的手中激射而出，穩穩插在碎石之中，一切有條不紊。

承願在踏著步罡，一個散發著土黃色光芒，被完整的一條蛟龍環繞的陣印虛影，出現在她的頭頂上空。

至於強子盤坐在路口，身上的肌肉詭異的起伏，一股洪荒的氣息在他的身上不停的翻滾，他的表情一直在變化，漸漸的……越來越冰冷。

「咚」，是肖承乾重重落地的聲音，我聽見他幾乎是用盡了全身的力氣說道：「他……他有傷……慧……慧大爺……」

可是，肖承乾的話終究是沒有說完，就沒有了聲息，又是一道金色的流光從肖承乾的身上飛舞而出，以極快的速度朝著那座孤廟飛去，楊晟照例想要抓住，卻被忽然而來的地動山搖，震得身子有些不穩。

肖大少……我的目光落在他的臉上，曾經如此俊美的一張臉，到這個時候，停留在了介於中年和晚年之間的蒼老和滄桑，可是我好像還是看見意氣風發的他，站在我的面前，然後笑著把心愛的雪茄盒遞給我。

那一個起風的懸崖，那一場萬眾矚目的祭祀之中，他又一次的伸出手，扯掉了我身上的繩子。

我的心不痛了，就是冷得厲害，如雪輕輕伸手，用雪白的衣袖撫過我的雙眼，上面沒有眼淚，是鮮紅的血。

此時說什麼也沒用了，剩下的就是走，走下去……前方的壓力太大了，我快要被壓彎了腰，走在我身邊的人，情況也好不了多少，但就算爬我也得爬上去。

肖承乾最後也在告訴我一件事情，那就是楊晟身上還是有暗傷，是慧大爺留下的，畢竟詛咒是朝著人最脆弱的地方去的，瞬間就洞悉了楊晟的情況。

他還在給我傳遞資訊吧，為了我和楊晟的最後一戰。

地動山搖是承真的陣法搞出來的動靜，但這種動靜顯然是困不住楊晟的，只是讓他的腳步稍微變慢了一些，可是，楊晟還是在前行！

在這個時候，最先完成一切的是承願，在地動山搖之中，她頭頂上那個土黃色的陣印首先就飛向了楊晟。

這也是一種傳承嗎？來自元家關於印的傳承，我想起有一次承願興高采烈的跟我說，她去鬼市找到了她的爺爺，又想起她的神色有些頹廢的樣子對我說，就是不敢告訴元懿大哥，怕他太過激動。

原來承願也是得了祕密傳承，在陣印激飛出去的那一刻，承願的手訣不停，她只是在使用很普通的雷訣，但是很厲害啊，把元家的傳承和老李一脈的術法結合在了一起。

陣印在楊晟的頭上不停的飛旋著，在楊晟還沒有反應過來的時候，一條蛟就從陣印中飛射而出，牢牢纏住了楊晟。

與此同時，承願的手訣完成，一道道落雷朝著楊晟腹部的傷口轟鳴而下。

在其中甚至夾雜著金色的天雷，承願也到這個程度了嗎？

我的雙眼又開始刺痛，卻看見承真最後拿起了一杆陣旗，插在了自己的身前。

第二百一十二章　無悔

我不懂承真最後一杆陣旗的意義，只是聽見風聲中傳來了承清哥低低一聲壓抑而悲傷的歎息。

在陣旗落下的那一刻，承真瞬間就全身僵硬了，在這個時候大地震動，好像有大量的力量噴湧而出，在這個時候，這些力量集中在了一起，一起湧向了楊晟所站的地方！

接著，就是一場驚天動地的震動，感覺就像是楊晟所在的那個位置爆炸了一般！他的腳底出現了一條長長的裂縫，無數的碎石滾動，直接砸在楊晟的身上，瞬間就將楊晟埋沒。

承願那方陣印，根本的目的就是為了束縛住楊晟，有了我老李一脈的合魂祕術和承願元家祖傳的陣印，其中的蛟魂結合得更好，所以這個鎮壓之印發揮了極大的威力。

在這個時候，我好像隱隱約約也知道了一些關於小師姑的事情。好像她拜入我們老李一脈，所學的是山字脈完全不同的一種傳承，這其中也和陣印、法陣有關，但後來發生了變故，師祖失蹤，導致傳承不全。

後來，小師姑的傳承好像留給了李師叔，如今看承願出手的手法，好像已經修得了一些小師姑的傳承。

我是如何忽然知道這些的，我不明白……難道是師祖？

可現在顯然不是關心這些的時候，只因為楊晟消失了，陷入大地的裂縫當中，被碎石所掩埋了，難道承真和承願聯手之下，楊晟終於……？

在這個時候，我再傻也知道承真利用陣法，動用了大地之力，付出了極大的代價。

畢竟山河法陣，就算陳師叔來佈置也需要大量的時間，甚至還需要一些人手來幫忙，才能勉強佈置，就好比黑岩苗寨的那一場大水。

而承真無論如何在陣法上的造詣是不能喝陳師叔相比的，道家的一切法術都很公平，如果想要越級做事或者動用比較禁忌的力量，就需要付出代價，代價不夠，無論如何也不行！

這樣的大地之力，顯然就是禁忌了，連道童子所在的世界都是禁忌，更何況承真的法力也支撐不了。

所以，此刻的承真依舊是盤坐在陣法前一動不動，我也不知道她付出了什麼樣的代價，恐怕這些只有與承真所學稍微相通的承清哥清楚，否則他也不會發出這樣的歎息。

但我還沒來得及多想，就見承真忽然倒在了地上，神色平靜，在這個時候，同樣是一道金色的流光從承真的身體飛出，朝著那座孤廟飛去！

「承真……」我忍不住失聲的喊了一句，眼前又瀰漫起了一層血色，眼睛再次傳來刺痛的感覺。

我想起了我最無依無靠的那幾年，跟在了王師叔的身邊，還有這個師妹，給了我孤獨飄零的內心無比的安慰，她很依賴我這個大師兄，可是那麼多的歲月，反倒是這個潑辣的師妹給了我無盡的支撐，可我……

在我孤獨的時候給予慰藉，在我要冒險的時候，毫不猶豫的陪我上路……如今，她竟然這樣無聲無息的倒下了？

我好害怕見到那道金色的流光，我不知道那是什麼，可是它每一次出現，就意味著我要失去一個我所在意的人。

承真沒有回應我，美麗的大眼在這一刻神采已經黯淡，可是她看著的位置是肖承乾倒下的位置……曾經他們說過，要在那雪山一脈的草原上辦一場盛大的婚禮。

在停下來以前，承真對我說，她想要早點兒去陪肖承乾，這麼一前一後……就是承真最後給予的態度嗎？

我好像看見在風中，肖承乾牽住了承真的手，然後兩個人笑，同時轉身朝著我揮手，接著就一起牽著手走向了我看也看不見的天際遠方。

不，不要走……我有些失聲，聲音都嘶啞的再次喊了一句：「承真，肖承乾，你們要走哪裡去？」

在這個時候，承清哥對我說道：「承一，剛才承真放下最後一杆陣旗的時候，就已經獻祭了生命力，她不會回答你了，你……繼續朝前走吧。」

朝前走啊……每個人都讓我朝前走！我的嘴角蕩起一絲自己也說不清的笑意，在巨大的壓力面前，孤廟就已經在眼前了，我只要向前爬個五、六米，就能觸摸到它。

可惜的是……要到孤廟，就只能走這一條小徑，剩下不到二十米的路，感覺像隔了無數個天塹，每一個天塹的深處，都是我愛的人的生命。

我朝前走，我已經站不起來了……最後的距離壓得我一下子趴下了。

如雪不知道在什麼時候已經放開了我的手，我努力朝前爬著，我回頭，看見如雪含著淚朝我笑，如月挽著如雪的手站在她的身邊。

楊晟不是已經……？其實這是我自己都無法相信的事實。

在這個時候，天地忽然傳來一聲巨大的轟鳴之聲，亂石飛舞，落在地上，發出了沉重的砸地之聲，所有的人還來不及反應，就聽見一聲彷佛大浪拍岸的聲音響起，一道巨大的藍色河流一下子盤旋在這個山坡的上空！

「啊……」是承願發出了一聲慘叫，因為與她性命相連的陣印，在瞬間就被那巨大的藍色河流吞沒，被巨大的力量擠碎，最後只剩下一點殘餘回到了承願那裡。

性命相連的陣印之魂受到了如此的重創，承願自然會受到牽連，在陣印被擠碎的瞬間，一口鮮血就從承願的口中噴出。

在這個時候，一隻手抓住了大地裂縫的邊緣，伴隨著一聲憤怒的屍吼之聲，一個身影爬了出來，是楊晟！

此刻的楊晟形象是如此狼狽，身上的衣服全部被磨破，但是他一直保持的正常形象也不復存在，身體膨脹了幾乎一倍有餘，巨大健壯得簡直不像正常的人類。

在我們都來不及反應的情況，他忽然衝出，然後朝著受傷的承願飛奔而去，在承願還來不及擦去嘴角鮮血的時候，就被楊晟看似輕飄飄的一下給拍起，飄向了天空！

楊晟似乎深恨承真和承願給他造成了如此狼狽的局面，在承願飄起的剎那，他又衝了出去……在承願落地以前，一下子抓住了她，看樣子是要狠狠砸向地面！

於此同時，他已經衝到了本就倒下的承真面前，一腳就要踩下！

在這個時候，承願轉頭，帶血的嘴角，含著不捨和無悔的眼神，看了我一眼，最後看向了承清哥，在這個時候，承清哥就在我的身邊，和我一起朝前攀爬著，他轉頭也看向了承願。

我看不清楚，他是否流淚……

「小柏，我們也停下來吧，沒有辦法走到你和白瑪曾經清修過的寺廟了。」這個時候，路山也開口了。

「嗯。」陶柏還是如此羞澀，輕輕答應了一聲。

我無語的看著沉默的蒼天，祢在今天是不是要奪走我們的所有，才能相信我們的一顆心？就是這樣，我還必須給祢說一個無悔！

只因為從決心要守護那一刻開始，我們就註定了要用自己換取人間最平凡的喜樂平安。

「放下她……」在這個時候，悲傷彷彿就是天際永恆的主題了，陰沉的天空深處，也泛起了一抹紅，好像在為這樣的一場大戰而難過。

一股洪荒的氣息在此刻終於爆發了出來，是孫強站了起來！就好像一頭遠古的凶獸。

「吼」，在孫強站起來那一刻，我好像聽見了一聲穿過了悠遠歲月而來的吼聲，我看見了孫強的背影變得陌生！

強壯、有力、冰冷也殘忍，確切的說他不是站著的，而是半趴在地上的，如同一頭獸！

孫強喚醒了它，那個沉睡在他靈魂的上古大凶！

楊晟的目光中終於有了正視的意思，一把丟下了手中的承願，就像丟棄了一個破布娃娃，承願的身體翻滾了幾下，撞在了一塊大石上，眼中那不捨無悔的神情已經黯淡，同樣一道金色的流光從承願的身體中飛出！

第二百一十三章　激鬥之路

又是金色的流光，我的心已經痛到了極點！那不是代表著承願……？在我耳邊，我聽到了壓抑的哭泣聲，是承清哥的聲音！

這個時候，在我身邊，就只剩下了承清哥、承心哥，還有那個神祕的白袍人了，承清哥和承心哥一直守在我的身邊，而神祕的白袍人似乎不受這壓力的影響，他還在我的前面，甚至還可以在如此的壓力下用走的。

只是他有些漠然的樣子，也不為此時的慘劇有任何的動容，也沒有伸手讓我的速度更快一些，有一種置身事外的感覺。

我顧不上他，只是目光落在已經失去了生命，美麗而無辜的兩個師妹臉上，此刻充滿了血污的臉，睜著已經無神的眼睛，是不是沒那麼好看，妳們會在意嗎？

或許，已經顧不上在意了吧？這樣心中可曾圓滿？

我想應該沒有吧？最終……還是沒有等到那草原上的婚禮嗎？

承清哥壓抑的哭泣聲依舊在耳邊，同樣是飄著大雪的天氣，應該是大雪了吧？不知道為何雪就下成了這個樣子，就如同好多年前的那個冬天，承願跟著我走出那個院子的天氣，在那個時候，紛紛揚揚的雪中，我如果知道是這個結果，我肯定沒有勇氣將妳從家中帶出。

可是，妳卻是就這樣，無怨無悔，甚至充滿期待的和我走了，妳是否想到妳的人生，連一場婚禮都成了奢望？

雪，還在紛紛揚揚的下，我已經哭不出來，因為已經不會流淚，只能流血了。我懶得擦去臉上的血跡，那溫熱告訴我，這痛苦的一路，到了這裡，我還是流著血淚，是痛到了極處吧。

「哥，我去和強子一起。」陶柏羞澀的聲音在風雪中傳來，沒有路山的聲音，只是聽見一秒鐘後陶柏跑下去的聲音。

下山的時候很容易，只要停下來，不再前進，壓力就會變小，但只要前進，那壓力會無限的變大，這條路是在暗示人生嗎？

我不知道在這個時候，我為什麼會想起這個，但下一刻，在伴隨著兩聲驚天動地的大吼之後，我聽見了兩聲劇烈的碰撞之聲。

強子和楊晟終於碰撞在了一起，在這種時候，隨著他們的碰撞，在他們身側的漫天飛雪都紛紛爆裂了開來。

「咚」，兩個人同時落地，楊晟退了一步，強子「蹭蹭蹭」的退了三步，但好歹穩住了身形！

這是這場大戰出現後，唯一能和楊晟對上一拳，還保持如此優勢的人，強子身上到底發生了什麼？

我還來不及細想，在這個時候，冰冷的雪中忽然感覺到溫度開始陡然升高，我看見陶柏站在楊晟十米開外的地方，在一點一點的拍打自己的身體，每一下拍打，都伴隨著一聲悶哼的聲音，好像非常的痛苦，但也隨著每一下拍打，溫度在急劇的升高。

「哥，我快要控制不住自己……所以拖延不了太久，我不想你看見還不能自控的我……」在這個時候，忽然強子轉頭對我大聲的說了一句。

這話是什麼意思？可是楊晟不等強子說完，看見我已經越來越接近孤廟，忍不住再次大吼了一聲，朝著強子衝了過去。

強子的話被硬生生的打斷，只能迎著楊晟再次戰鬥在了一起，他們的速度極快，拳頭的碰撞猛烈無比，只是短短的十秒鐘不到的碰撞，就響起了如同戰鼓一般密集的「劈劈啪啪」的聲音，或者說，那聲音就像是擂響了戰鼓，中間夾雜著陶柏痛苦的悶哼聲。

在這個時候，路山已經開始行咒，這一次路山沒有使用道家的術法，而是使用類似於密宗的術法，那咒語的聲音充滿了某種奇特而古老的韻律，我不知道他要做什麼，但是陶柏既然已經要戰鬥了，路山自然不會袖手旁觀。

「哥……」在戰鬥中，強子痛苦的對我大喊了一聲，然後說道：「你快點衝上去吧，我要與他同歸於盡。」

為什麼強子要這樣？我的全身都在顫抖，什麼都不能思考，只是想到了那一句要同歸於盡。

在這個時候，強子的身後再次浮現出了那道我曾經見過的虛影，我已經知道那是什麼，是檮杌，凶名在外的檮杌！

從檮杌出現的那一刻，我就知道強子所說的控制不住自己了是什麼意思，想起強子大變的性格，就是因為它的存在，完全的釋放，他是不是怕自己會成為楊晟的幫兇？

「吼」「吼」，接連不斷的獸吼響起之時，強子全身的衣服爆裂開來，突然膨脹的力量，需要大量的肌肉來「裝載」，強子在那一瞬間，變成了和楊晟一樣強悍的身形。

在這個時候，楊晟第一次在肉體的搏鬥中落了下乘，不管是怎麼樣的改造，他不會是上古凶獸的對手！

這是這場戰鬥中唯一的一次痛快，在強子爆發以後，楊晟第一次被人用拳頭狠狠的砸在了地上，但我心中充滿了不安和疑惑，我一直以為強子的情況大不了和我們老李一脈相同，是凶獸的魂魄寄居在他的靈魂。

但寄居靈魂怎麼可能引發肉身的改變？我發現我好像被隱瞞了什麼，祖巫十八寨到底有什麼樣的祕密？

可這是我在此時能思考的問題嗎？在這個時候，強子的喉嚨裡發出了完全不似他自己的冷笑之聲，跳躍起了好幾米高，速度快得就像一陣風一般，一下子重重落在了楊晟的身上。

「咚咚咚」，拳頭如同雨點般的落在楊晟的身上，強子的笑容越發的殘酷，在這個時候，他的力量完全超出了人類能夠想像的範疇，手段也是殘酷得根本沒有一絲人類的風格。

他根本就不是正常的在打擊楊晟，而是一邊用拳頭使勁的搗向楊晟的傷口，一邊用另外一隻手撕扯著楊晟的傷口。

楊晟在這種打擊下，發出了驚人的慘叫聲，臉上的神情變得猶豫，好像在掙扎著什麼，又不甘的樣子。

在這個時候，強子一邊這樣瘋狂的打擊著楊晟，一邊發出不正常的哈哈大笑，終於在楊晟的慘叫聲中，他被強子撕下了一塊肉，在這個時候，強子似乎掙扎了一下，但下一刻，竟然毫不猶豫的把肉放進了自己的嘴裡，大嚼了起來！

莫名的，就像咀嚼一塊乾木的聲音，有一些泛紫的汁液從強子的嘴角流下，在這個時候，他的眼睛眯了一下，神情忽然變得陌生無比，好像吃出了什麼祕密一樣，也是在同時，強子自己掙扎的表情變得更加明顯。

「全部幫我，哥，衝上去！」強子忽然抓著自己的脖子發出了這樣的吶喊，痛苦至極。

楊晟趁著這個強子不能自控的空檔，忽然一個用力，大吼了一聲，一下子掀起了強子，那面聖鼓就懸掛在他的腰間，依舊是那樣平凡而老舊的樣子，但是上面卻沒有一絲的變化！

雖然經過了連番大戰，唯一傷及他全身，磨破他全部衣衫的也只有承真的那次攻擊，我心中其實擔心那面聖鼓，那畢竟是路山一生的願望，可也不知道當年製造它的喇嘛們，到底用了什麼手段，這面鼓竟然完好無損。

而楊晟在此時看了一眼我，終於露出了瘋狂的神色，舉起了那面鼓，大吼了一聲：「那就提前的來吧！」

什麼東西提前的來？我根本就不明白，卻見楊晟一下子舉起了那面鼓，作勢就要敲打下去，儘管他的臉上也充滿了某種遺憾不甘的表情，可是他好像也沒有退路的樣子。

在這個時候沒有人能夠阻止楊晟，他的手重重落在了那面聖鼓之上，隨著一聲沉悶的鼓聲，孤廟的周圍空間忽然扭曲異常，就像孤廟本身就變形了一般。

而隨著這樣的變化，落在我身上的壓力也陡然增大，大到我快承受不來了一般。

至於我身邊的承清哥和承心哥，則更加直接發出了一聲悶哼，那樣子就要承受不起。

誰也沒有想到楊晟會來這一招，預示著什麼，誰也不知道，只是在這個時候，這片山坡的天際發出了不正常的火紅，一聲清越的鳥鳴之聲，忽然響徹了整個天際……

第二百一十四章　最後的路

在那一刻，天空紅得燦爛，伴隨著陣陣的炙熱，讓天下飄下的雪直接變成了雨水，然後雨水被蒸騰，變成了類似於大霧的蒸汽。

這是千百年都難遇見的奇景吧？那一邊還在飄著大雪，這一邊卻是大霧瀰漫，在層層的蒸汽之中，一個紅火的身影伴隨著清越之聲，沖天而起。

那是——朱雀！

真的是有這樣的東西存在嗎？我變得有些恍惚了，這一路的大戰，我一直都是一個旁觀者，而且還是一個悲傷難過都不能停下的旁觀者。

看見了這麼多，按照我之前的性格早該停下來駐足，可是每一個我愛的人離去，我都還在不停的趕路。

他們用生命爆發了最後的燦爛，就如同此刻的朱雀，我知道那是陶柏，我想起了在守湖村，我看見的一幕，沉睡的陶柏身上出現的奇異紅光和如同羽毛一般的紋理。

此刻終於得到了證實，他和上古傳說中的朱雀有莫大的關係。

「承一，拉崗寺藏著巨大的祕密和傳承，其中就包括一根朱雀的翎羽，這根翎羽的繼承人就是小柏……」在這個時候，路山的身上流動著一層層淡金色的光芒，他忽然開口對我說話了。

我一邊爬動著，一邊看著路山，他的神色平靜，溫和的看著霧氣中看不清楚身影的陶柏，一邊也遠遠的看著那面聖鼓！

敲動那面聖鼓好像很吃力，楊晟的手高高的揚起，遲遲沒有落下去第二下。

而我卻是不知道，這第二下落下之後，在如此巨大的壓力之下，我們到底還能不能前進？

「我要守護著小柏，否則那朱雀的火焰會燒死他，他堅持不了多久的。承一，守護他就是我的戰鬥，而白瑪，拜託你了！」路山看著我，對我笑。

風吹散瀰漫的霧氣，霧氣復又聚攏，好像一下子把路山帶走了一般。

我只能轉頭看著，我不能停留，到了現在幾乎每一步都是一個人的性命，我如何承受得起，如何還敢停留？

不足二十米的距離了，那麼的艱難，在爬動之中，身上的衣袍早就磨破了，指尖和膝蓋劃過尖銳的石頭，也很疼痛，可是又怎麼蓋得住心疼？

白瑪拜託我了嗎？我臉上此刻全是緊繃乾涸的感覺，那是鮮血凝固了吧，那個星空之下，路山與我的談話，最終，他走不到最後，只能交付與我，又是一層重擔，我該如何不負你啊？路山……

「姐姐，強子讓我們全力的幫忙……」在這個時候，如月說話了。

在霧氣之中，看不清她的表情，只能看見模糊的身影，同樣也看不清楚如雪的表情和身影，但是能聽見如雪輕輕的「嗯」了一聲。

路山身上的金光流動，夾雜著一種讓人喜歡的欣欣向榮氣息，已經開始流動，朝著陶柏奔去。

而強子好像受到了那聲朱雀嘶鳴的刺激，此刻也停止了瘋狂……一下子好像恢復了清明。

「我只有不到一分鐘的時間，可是夠不夠讓你死？」強子的聲音平靜而冷酷，彷彿來自地獄，雙眼卻還是我熟悉的強子，他壓迫住了那凶性大發的檮杌？

可是，只有一分鐘嗎？我看著強子異樣蒼白的臉色，不會流淚，甚至泣血也難的眼已經麻木，只是心還是會抽痛！

他一定是有什麼祕法嗎？不到萬不得已，不能用出，用出之後就只能這樣嗎？

在這個時候，天空中的那道紅色虛影陡然收縮，一下子竄進了一個人的身體，霧氣一下子被大雪沖得散去！

一個全身盛放著紅芒的人，出現在了山坡之上。

「呵呵……」他的眼中充滿了某種高高在上的自信，嘴角帶著冷笑，唯一是看強子的目光有一種惺惺相惜，他對強子說道：「一起。」

這樣的陶柏很陌生，高傲、狂放、邪卻不惡，曾經我只在萬鬼之湖見過一次！但那是魂魄的狀態，如今才應該是完全盛放的狀態吧？

路山沒有對我說太多，只是說那火焰會燒死陶柏的，在這天下並沒有完全不計代價的力量，可以讓人憑空的繼承，我理解這一點！

只不過路山的守護……能撐得住嗎？如果撐不下去了，陶柏會是什麼樣的後果？已經和強子一樣，動用了必然犧牲的一招嗎？

大雪之中，陶柏上半身的白袍已經消失不見，下半身也只剩下半截褲子，可整個在紅光之中的人，充滿了一種邪意的美，層層的紅色羽毛紋路，這是我第一次看見完整的樣子，可我隱約好像知道，這也是最後一次。

陶柏說一起的時候，路山身上流動的金光已經瞬間覆蓋了他，而孫強回應了陶柏一個會意的微笑，然後兩個人就如同兩顆流星一般撞向了楊晟。

這一次是楊晟出戰以來，遇見的最大危機，他沒有辦法，只好匆忙的收起了那面聖鼓，再一次的迎戰上去！

這是一場別人都無法插手的戰鬥，三個身影在空中和地上縱橫交錯，讓人根本捕捉不到他們的動作。

我只是能感覺到楊晟在這個時候的氣勢被壓了下風，是被強子和陶柏死命的追打著，他只是在勉強的承受。

陶柏的紅光異常可怕，我看見楊晟不得不在身旁環繞著命運之河，才能勉強的抵擋。

在這場打鬥當中，路山始終保持著不變的姿勢，不變的神情，臉上帶著溫和而解脫的笑容看著陶柏，只是在他身上，時光好像流動得很快，很快，比肖承乾施法時還流動得快，就是快要接近一分鐘的時間，他已經變成了一個異常蒼老的老頭子。

那股讓人欣喜的欣欣向榮氣息，是生命力啊。

路山，你這是什麼樣的守護之戰鬥啊？

我無言的看著這一幕幕的大愛，我覺得我陳承一何其有幸，在生命中認識了那麼多的英雄？

在這個時候，我也終有看清楚了如月，她的手上全是豔紅的鮮血，她還在逼迫著那些鮮血不停的流出，而在血泊之中，有一隻已經有四隻翅膀的金蠶蟲在吸收著那些血液。

我不傻，一眼就看出那是精血，可一個人的精血能有多少？如月用得著這樣餵養金蠶？

而如雪的身側，則環繞著一隻猙獰的蟲子，我當然認識那隻蟲子，是她的本命蟲，那號稱無物不噬的可怕蟲子，而且還是那群蟲子的「頭子」，如雪把牠給放出來了？

她的肩頭有一個血洞，可是她依舊像一棵雪山之上的青蓮，遺世而獨立的樣子，還是如同雪中的仙子。

「姐，妳給我的金蠶長得很快……」在路山蒼老的時候，如月的臉色也漸漸的蒼白起來，她在和如雪那麼輕鬆的說話，彷彿這樣餵養金蠶的是別人，而不是她。

如雪的眼中流露著心疼，她輕輕的攬著如雪，說道：「是啊，可能牠寄託著思念吧，我有多掛念妳，牠就長得有多快呢。」

「姐，妳這樣說話，我很不適應，都不像妳會表達的。」如月好像有一些昏沉的站不住了，把頭輕輕靠在了如雪的肩上。

「那偶爾也適應一下吧。妳看我放出來了牠，就意味著要收回牠，不然要出大亂子，幸好這是我的本命蟲，只要我不好，牠也不會好。」如雪淡淡的說著，好像說自己不好是一件很愉快的事情。

「也好，沒想到我們沒能一起出生，還可以一起死去，這樣的姐妹緣分好深的，下輩子妳肯定還是我的姐姐。」如月的聲音變得很輕很輕，手掌上流出的豔麗鮮血也漸漸變得黯淡。

而金蠶好像沒吃飽的樣子，如月有些遺憾，說道：「也只能做到這樣了……」

如雪緊緊攬著如月，摸著她的臉說道：「是啊，緣分好深的，我會來找妳的，不過，我還得多撐一會兒，承一還需要我吧。」

「嗯……多撐一會兒。」如月已經變得有些迷糊了，手軟軟的垂下，那隻白色的金蠶變成了紅色的金蠶，朝著天空飛舞而去。

如雪的蟲子也緊緊的跟隨。

「咚」，一個重物落地的聲音，強子毫無預兆的就趴在了地上。

「就只能做到這樣了啊……」

在這個時候，我距離孤廟的距離不足五米了，只需要再努力一下，再努力一下……

第二百一十五章　開啟之前

就只能做到這樣了啊？這是強子留在這世間最後的一句話了嗎？

不，強子，你做得很好，雖然這些話我無法說出口，我所有的努力都放在了最後的路上，可是，你真的做得很好。

時光是最無情的東西，荒村的初見，那個有著濃重口音的羞澀少年，如今能做到這一步，真的很好了。

那麼陳承一又能做到哪一步呢？

最後的三米，最後的二米……還有最後的一米時，我再次聽見到了一個重物落下的聲音，在我的眼前是陶柏從上空中落了下來。

楊晟在張狂的笑……他在吼叫著什麼？是什麼？大概是說陶柏和強子的力量終究不屬於自己，為何不追隨他走上一條正確的路？最終還是他贏了！

陶柏身上那燦爛的紅光已經不見了，四處都是焦黑的痕跡，動用了禁忌的力量……最終路山也不能守護了嗎？

我看見不遠處路山盤坐的身影，早已經不動，風吹過白髮飛揚……已經到了這個地步嗎，路山？

最後的距離，用生命鋪就的路，如果我們真的是對的？這樣的代價是不是才能證明無論是怎麼樣的抗爭，都需要用鮮血來鑄就？

楊晟的樣子此刻非常的狼狽，在腹部那個最初被我師傅劃開的傷口上，已經少了好幾塊血肉，那慘白帶著紫色光暈的，是他的肋骨嗎？還有紅色的火焰在傷口的邊緣處燃燒，楊晟拍打了幾下，那些火焰也不滅。

那是陶柏最後留下的嗎？

天空中劃過一道小小的紅痕，如月的血色金蠶蠱飛了過去，楊晟伸手去抓，沒有抓住，那金蠶蠱從那個燃燒著火焰的傷口處鑽了進去。

接著又是一道閃光飛了過去，是如雪的禁忌之蟲，相比於如月的金蠶蠱，這隻蟲子非常囂張就趴在了楊晟的傷口處開始吞噬，楊晟努力的弄了幾下，沒有結果……這種蟲子，連我師祖都沒有辦法，何況是楊晟？

所以他也就不弄了，朝著我看了一眼，飛快的朝著這座孤廟飛奔而來，如今，只有這件事情最重要了吧？

在路上如雪背著如月，也是艱難的朝著孤廟爬來……她們還活著！

快啊……能不能快一些，我在心底瘋狂吶喊著，而我也還剩下最後的距離……最終，我在大吼了一聲了之後，到底是踏上了這座孤廟所在的地方。

這裡是一塊小小的平地，到了這裡，所有的壓力都陡然消失，扭曲的空間好像已經不再存在，灰敗得已經失去了色彩的牆，是那麼的真實，敞開的柴門在風雪中發出「吱呀」「吱呀」的聲音。

如果可以早一些上來的話，但那都是廢話，如果楊晟不敲響手中的聖鼓，什麼時候上來都是沒有用的。

其實在踏上孤廟這個平臺的瞬間，我就知道近在眼前的也是兩個地方，就像當年的龍墓，早一些上來，就永遠也沒有機會來到這真正的孤廟！

大雪飛揚，我還看得見所有的人，看得見在那很近的天際，雷公的虛影和鬼帝依然在驚天動地的相鬥，如同看不見我們。

也看得見大方大陣的人，都不時有人倒下，因為不支。

最後還看得見天空中和地上，無數被召喚而來的生物在廝殺，雖然相隔的是不知道有多遠的空間，那呼呼的風中，還是帶著說不清楚的血腥味道。

大雪依舊飛揚，那一片片的潔白，好像在這個時候要溫柔的掩埋一路上犧牲過來的人的身體，慧大爺、陳師叔、王師叔、元懿大哥、吳立宇，師傅……

慧根兒、肖承乾、承真、承願、強子、陶柏、路山……在這個時候，如雪還在帶著如月朝著孤廟爬來，我只是眼睜睜的看著楊晟追了上來，我沒有辦法再衝過去。

從上來的瞬間，我就得到了師祖的示意，死守廟門，等待他的醒來，這個他不是師祖，那是誰？

我沒辦法問，也不想問，我衝向那個廟門，那是我要死守的地方！我看見在漫天的大雪中，如雪抱著如月的身影被楊晟一腳踢到飛起，然後重重的落地，我什麼辦法都沒有，只有一雙顫抖的手，想送上自己的生命，成全最後的最後。

強子和陶柏的身體在劇烈掙扎，像是在和什麼做著搏鬥，有一個剎那，我以為他們活過來了，事實上並不是，因為我看見又是兩道金色的流光從他們的身體中被剝離，衝入了那座孤廟之中。

在這個時候，孤廟的光芒大盛，就像有什麼要破體而出一樣，我根本都不在乎，我自己都在無助的嘶吼著，我只是在乎，他們是不是死了以後，都來到了這裡？

我好想進去，好想見到他們，我很心痛，可是不敢忘記要死守孤廟。

我終於衝到了這廟門之前，雖然我不明白，為何讓我一個小輩來死守這座孤廟，但這樣一定是有道理的吧？

那一扇柴門還在風雪之中「吱吱呀呀」，可是後面的黑沉就像有無限的吸力那般，扭曲了視線，給人一種看透它，就看見了另外一個世界的錯覺。

我強行的移開了自己的目光，整個人就這樣站在了孤廟的大門之前，我已經有了必死的決心，所以在站定的那一刻就開始掐動手訣，行咒……

師祖曾經傳我很多祕術，最厲害的無非是兩個祕術，一個是針對靈魂的，一個是針對肉體的，針對肉體的，自然是沖開自己的穴竅，讓大地之力灌注自己的身體；而針對靈魂的，我曾經在萬鬼之湖用過一次，後患無窮，若然不是師祖用自己的殘魂彌補了我的靈魂，我已經是個廢人了，那就是以自身為引，無限的灌注天地之力。

除了我，誰都不知道，其實這兩種祕術可以配合使用，灌注了天地之力的靈魂無比強悍，在我強大的靈覺指引下沖穴竅，從理論上來說，是可以沖開全部的血竅的，只要我承受得住，不會被炸成一堆血沫。

我不知道自己是否承受得住，但是從理論上來說，如果靈魂無限強大，那麼肉身也可以跟隨著這樣，灌注了天地之力的靈魂，自然也可以在瞬間承受大量的大地之力！

只不過，一切都有底限，當我靈魂因為天地之地的灌注變得承受不住的時候，就是我生命的盡頭。

那個時候，我面對的就是真正的魂飛魄散，可是巨大的悲傷已經將我吞噬，我在這個時候只是一個一心求死的人，只求把自己燃燒到盡頭！

這個灌注天地之力的祕術手訣和咒語都是無比簡單，唯一的只是對靈覺有著巨大的要求，在這個時候的我，融合了道童子的意志，靈覺已經強大到了我自己也無法估量的地步。

只是短短的十秒不到，我就聽見了「嗡」的一聲轟鳴，天地之力化作了一道道暴風，朝著我瘋狂的灌注而來！

至於為何是我融合了道童子的意志，我無法思考，我只知道在這個時候，道童子也沒有完全的消失，他在告訴我如何去做，他告訴我想要承受更多的天地之力，就不要忘記在萬鬼之湖他傳授我的辦法。

太極的轉動，無限的卸力，然後伴隨著轉動，無限的壓縮……

於是在我的靈魂深處，出現了一個個如同小型旋風般轉動著的天地之力的壓縮力量，如果是這樣的話，那麼就可以更多，再多一些！

我的眼神是完全瘋狂的，太多的犧牲和鮮血的刺激，已經讓我快成為了一頭困獸般的存在。

在這個時候，承心哥盤坐著，不知道在做什麼……

而承清哥在一個個的安放銅燈，如同閒庭信步一般……

至於那個白衣人，就站在廟門旁邊不足五米的地方，如同置身事外的盤坐了下來……

楊晟在這個時候，也終於踏上了平臺……

第二百一十六章 戰

一切都很平靜，沒有咬牙切齒的對罵，沒有任何疑問的對話，甚至連呼吸的節奏都沒有變化，楊晟衝向了我，我也衝向了他。

這就是最後的一戰吧？我無法想像如果我失敗了，還有什麼可以阻止楊晟？

「咚咚咚」，腳步踩在薄雪覆蓋的山巔，飛揚起的雪泥、呼嘯的北風、片片的雪花就要迷亂人的視線。

第一步，沖開了七個穴竅。

第二步，漫天的天地之力灌注，一道無形的力量將我圍繞。

第三步，還可以更加瘋狂，衝開它，繼續，身體發出爆豆一般的脆響，穴竅以一種驚人的速度在連續的被打開。

第四步，楊晟周圍環繞的命運之河朝著我俯衝而來，我身側的天地之力也朝著楊晟撞去，兩方碰撞，發出巨大的轟鳴之聲，彷彿這樣的力量已經是禁忌，一道電光在碰撞的中間閃耀。

第五步，我的身體好像已經到了極限，可是不夠，還不夠……穴竅繼續以一種驚人的速度在被打開，感覺到了皮膚的刺痛，無數的血管爆裂，鮮血瞬間將潔白的衣袍染紅。

「陳承一，你打不過我的！走到了這一步，你註定失敗！難道你還不明白，我的力量是你們眼中所謂神的力量。」楊晟衝著我大吼，他身側的藍色命運之河，再一次的形成了一隻巨大的手掌，狠狠朝著我撲來。

「粗糙。」我只是這樣回應了一句，身邊的天地之力化作了無數的電閃雷鳴，朝著藍色的大手衝去。

天地之力是什麼？是五行，是陰陽，是任何形態的力量，所以任何的咒語一引動，就會化作任何的力量，前提是能夠被灌注天地之力！

這不是我的認知，是道童子在這個時候爆發的意識，終於是他累積的道術，和最讓人羨慕的天分爆發了，他沒有多餘的任何意志表達，但我明白他在對我說，這一刻，他將與我同戰！

「轟」，漫天雷擊之下，楊晟的大手被陡然轟散，命運之河倒捲，重新回到了楊晟的身側。

面對我這樣的迎頭一擊，楊晟的神情憤怒，再次衝著我大吼道：「陳承一，仗著道術精妙嗎？那這樣如何？」

奔跑之中，楊晟的右腳猛地朝著地上一蹬，巨大的反震力，讓他從大地一躍而起，高高揚起的拳頭，如同巨大的鐵鎚，朝著我毫不留情的砸來！

「風來！」我的神情不變，又是三個穴竅洞開，骨頭都傳來了「咯吱咯吱」的聲音，三十七個穴竅的洞開彷彿告訴我這已經是極限，可是就是極限了嗎？

一句風來，天地之力瞬間化作狂暴的颶風，托著我的身體朝著楊晟猛衝而去，在這個時候，洞開穴竅的大地之力才朝著我的身體瘋狂的灌注而來，讓我感覺整個靈魂和肉身都在無比的被擠壓！

「來啊，來啊……」楊晟惡狠狠的吼著，彷彿他才是壓抑了許多年，受盡了委屈的那一個人。

「誰不來？來啊……」在我眼前，彷彿是一個個我親愛的人們倒下的身體，在我的身後彷佛背負著他們所有的目光，我也瘋了！

「嘭」拳頭碰撞，整個山巔都在震動……地上的積雪揚起，飄散成雪霧，飛揚在我楊晟之間！

「再來！」楊晟瘋狂的大喊！拳頭朝著我的胸口狠狠的砸來。

是啊，那麼多仇恨，一拳怎麼夠？面對楊晟的拳頭，我再次迎擊，儘管第一拳我就知道了，我的力量不如楊晟，除非我再瘋狂的沖開穴竅！

和他對碰的滋味，就像血肉的拳頭擊打在鐵板上一般，堅硬的疼痛和反震的力量，讓人連氣都喘不過來。

可是有退路嗎？沒有……

「嘭」「嘭」「嘭」，我和楊晟的身影在空中地下不停的糾纏，拳腳不停的碰撞！整個山巔就如同發生了地震一般的在顫抖。

不夠，不夠啊，我的鼻腔口角全部都在滲血，也不知道是因為各種承受的力量都到了極限，還是和楊晟對撞的反震力，總之，相比於他，狼狽的是我！

「知道什麼是神的力量嗎？那就是我的肉身力量來自昆侖，靈魂力量也來自昆侖！」說話的時候，楊晟的一拳狠狠打在了我的臉上，大地之力被震得粉碎，我感覺牙齒在牙槽中鬆動，吐了一口帶血的唾沫。

「我不知道什麼是神的力量，我只知道，你從離開的那一刻，就已經忘記你還是個人了。」我的一拳也狠狠的打在了楊晟的鼻子上，沒有人類的鮮血湧出，只有一種泛著紫光的黑色血塊在鼻端凝結。

「愚昧的永遠是愚昧的，憑什麼人就不能更上一層，我就是最好最好的例子，原地踏步是最可恥的落後。」楊晟的一腳狠狠踹向我的胸腹。

我一把抱住了楊晟的腳，一張臉脹得通紅，脖子上青筋凸出，我們在角力，我從牙縫中蹦出一句話：「用人命來前進嗎？連生命都不懂尊重的人，談什麼生命的進步？」

終於我掀開了楊晟的腳，但巨大的反震也讓我同他一起後退了幾步，命運之河的河水朝著我洶湧而來，我身旁的天地之力化為了一道巨大的水汽，朝著他的命運之河翻捲而去！

如同天空中刮起了一道水龍捲，碰撞之下，朝著遙遠的天際呼嘯而上。

「一將功成萬骨枯！你的仁慈是愚昧！」楊晟再次吼叫著朝我衝來。

「那是一將的功成，那只是他一個人的！踩著別人的因，終將世世還人的果！看那邊的鬼帝，那樣的存在不是最好的諷刺嗎？」我也吼叫著朝著楊晟衝去。

「嘭」，又是一聲巨大的碰撞，楊晟倒退了一步，而我卻蹭蹭蹭倒退了三步。

「成敗論英雄！你常說天道天道，若是如今天道讓我贏，那就說明你是錯的。」楊晟大吼了一聲，如同街邊混混打架一般，再次朝著我衝來。

「打過再說。」我怎麼可以輸給他，我紅著眼睛又一次的朝著楊晟衝了過去。

我要力量，我需要力量！我怎麼可以輸？在我心中幾乎是泣血般的在嘶吼，儘管我知道有的黑暗並不是一時的籠罩大地，那需要好多代的努力，才能層層撥開那黑暗，看見那天際的光明，就算今時今日我倒下了，後來也會有人踏上前輩用鮮血澆灌的路。

但是，那麼多那麼多的犧牲，已經刺痛了我的心，如果不是拚到魂飛魄散，血肉盡散，我怎麼可能甘心？

「如今承受的力量已經是你的極限，一旦靈魂完全的破散，你整個人也會灰飛煙滅。我和你一起灰飛煙滅，最後再能堅持五分鐘……沒有多餘的力量可用了。」在這個時候，道童子的意志也分外的清晰，他在提醒我。

可是我不甘心，我怎麼能甘心？若意志之火，可以燒灼整個天際，我願意用我到這一刻也不願意屈服的意志來換取更多，即便不管是道童子還是陳承一都像不曾存在過一般，我也甘願，你甘願嗎？這一世的我替上一世的你做出這樣的決定。

甘願的，這一世人的情誼和犧牲才讓我看清楚了什麼是真正的大道，白活的一世如何能覆蓋這一世，這一世才是讓我真正悟道的一世，力量是沒有了，因為我們是利用祕術徹底的燃燒了生命與靈魂，憑藉著天生強大的靈覺引來了天地之力，才換來了與所謂真正的昆侖之力一戰的資格。

但，我的意志與你同在，從今以後你就是我，我就是你……沒有道童子，只有陳承一，道童子的意志早該隨著魏朝雨的靈魂而去了。

「吼……」我大呼了一聲，再一次的碰撞，是那麼的疼痛，楊晟的力量讓我有一種絕望的感覺。

可是我在堅守，我在堅持，這就是我的驕傲，我有一種痛快的感覺。

「讓開！陳承一，我給你一個後悔的機會。」楊晟衝著我大叫。

「不讓！踩著我的屍體過去。」我提起拳頭，再一次的朝著楊晟衝了過去。

在這個時候，我才感覺到了一種真正的融合，屬於我和道童子的，所有的記憶在快速的翻篇，道童子的經歷，道童子的一切，都如同複製給靈魂一般的擠入我的靈魂！

「人說，得大道……將融合千百世輪回的意志，錘煉成一世水晶剔透之意志，終得圓滿，跳脫輪回，你我前世今生也總算窺得一絲天道，兩世融合，從此不分彼此，熔煉了一顆道心之基，就算魂飛魄散，也算近了那天道，我的意志不算消散，變成了你，那剩下的殘餘意志就在最後一刻借你力量吧。」

道童子的聲音在此刻無比的清晰……於此同時，雪地之中亮起了四十九盞銅燈，上面搖曳的是四十九朵藍幽幽的火焰，就如同靈魂。

而承心哥也睜開了雙眼，身邊浮現著很多根細小的藍色細針，也如同是靈魂鑄成！

第二百一十七章 絕境

靈魂的核心是意志，而意志的爆炸，最是能夠刺激靈魂。

我不知道道童子怎麼樣做到的，可能這種要用湮滅意志刺激靈魂的祕法，他也無法在記憶之中留給我……或者，是不想到最後，我如同飛蛾撲火一般的選擇了這樣一個方式去戰勝楊晟。

道童子不是怕死的人，這一點我是堅信的，或者，他是留給我了一個信念，我不用這樣方式，我也必勝的信念。

信心是從什麼地方來的？在道童子剩餘的意志爆炸以後，我的靈魂如同再一次被點燃，沸騰得如火山岩漿一般，大量的天地之力再一次的湧向我，讓我有了更多的力量去沖開穴竅。

道童子去了，但從他那裡，我知道，我其實身處在空間的交界，在這裡的天地之力尤其的洶湧，否則憑藉我的力量是根本不可能和楊晟一戰的。

在這裡，比我強大的人太多，但要找出一個靈覺比我強大的人，恐怕沒有！

而如同天時地利人和，師祖的祕術只能靠靈覺來發揮，而老李一脈的祕術卻往往有著越級而戰，扭轉乾坤的作用，否則也稱不上是昆侖祕術。

在這片特殊的空間，再沒有人可以比我做得更好了，即便是老掌門，即便是珍妮大姐頭，而我，也只有在這樣一個地方，才能爆發到如此的地步。

這難道就是最終讓我來到這裡的原因嗎？

可是，容不得我多想，承心哥那細細密密的藍色細針忽然朝著我「奔襲」而來，在我沒反應過來的時候，密密麻麻的釘滿了我的靈魂。

其實，我的靈魂隨著戰鬥，已經開始慢慢的龜裂，即便沒有到完全破碎的地步，也已經是不可挽回的傷勢了，因為靈魂的損傷幾乎不可逆，除非天地間的聖藥，就算是聖藥也不可能彌補這樣的傷勢。

可是承心哥的藍色細針卻是釘在破碎處，化作了一道道潺潺的細流，恰到好處的填充到了靈魂破碎的地方，給了我無限的滋養。

但承心哥他？

那種心如刀割的感覺又再次出現，我轉頭看著承心哥，他的整個人呈現一種異樣的憔悴，這種憔悴不是肉身的憔悴，而是來自靈魂深處那種已經油盡燈枯的憔悴。

「術名補天，補人之靈魂如同補天，以己身靈魂為引，鑄造靈魂之針，老李一脈醫字脈祕術。我一上山就知道我要完成的是這個，只不過我撐不住了，很想睡……很想……承一，你守住。」說到最後一句話的時候，承心哥忽然如同迴光返照一般的抬頭，看了我一眼，臉上還是那春風一般的笑容，然後垂頭，閉眼，就這樣彷彿永久一般的凝聚在了臉上！

「不……」我大聲嘶吼了一聲，到底要怎麼樣？上天真的要安排大家一個個的離開我，一個都不剩才算是衛道嗎？為什麼能夠那麼殘忍？

那個初見的聚會，一次次生死之間的冒險，他永遠帶著春風一般的笑容，如今還能對我再笑一次嗎？

可是，容不得我多想，忽然從天地之間湧來了一股絕大的力量將我包裹，如同溫泉一般的舒服，如同暖陽一般的溫暖，在急劇的填補我肉體上的暗傷與創痛。

承清哥……我慌亂的轉頭，在這個時候，楊晟衝過來，重重的一拳打在了我的身上，我的身體被急速拋飛，聽見楊晟輕蔑的聲音：「在這種戰鬥中，都能分神，可見有些時候，感情是多麼的可笑。」

說話間，楊晟朝著我一直死守的孤廟衝去，那一面聖鼓又被他拿在了手中。

我是真的很可笑嗎？最後一個，僅剩的最後一個，欲哭無淚的痛苦，他們一個個的離開，彷彿將我所有的歲月都葬送，再不留一絲痕跡。就算我堅強到驚天動地，也抵擋不住這一刻的崩潰！

「術名回生，以未知靈魂點亮輪轉之銅燈，借來混沌之中最初的一縷生命力。承一，這也是我一上山就要做的，你守住……我累了，看看還能不能追上承心。」承清哥的神情依舊清淡，只是說完這句話，整個人就靜靜的撲倒在了雪地裡。

承心哥是在等著他嗎？最後的最後……他們也離開我了嗎？

「咚」，我重重的落在了地上，楊晟的身體剛好從我的身前衝過，我一下子從雪地裡爬了起來，用我自己也不相信的速度，一下子抓住了楊晟的腳踝，在那一刻，我知道我的眼睛通紅。

楊晟在猝不及防之下，被我猛地抓住，整個人一下子控制不住朝前撲去，我驚天的吶喊了一聲，感覺喉頭被傷痛逼出的一股鮮血噴湧而出，大吼道：「楊晟，我要你死！」

這是泣血的呼喚，在那一刻，又是一股洶湧的天地之力朝著我不要命的撲來。

「蹭蹭蹭」，一種我自己都想不到的速度在瘋狂的沖開穴竅，我一口吐掉口中的鮮血，帶著無比的憤怒，一下子從雪地裡衝了起來，翻身壓在了楊晟的身上，那種說不出的憤怒讓我一個仰頭，然後狠狠的朝著楊晟咬去。

好硬！他身上的肉好硬，差點崩碎了我的牙齒，可是，我恨吶，幾乎是拚盡全力的從楊晟的腹部咬下了一絲肉。

「啊……」楊晟也發出了一聲怒吼，劇痛讓他的力量一下子爆發，掀飛了我。

我剛一落地，就一下子衝起來，朝著楊晟瘋狂的衝去，什麼都沒有了，什麼都沒了！他們全部都死了，在最後的最後，從承清哥和承心哥的身上也爆發出了兩道金色的流光，朝著我身後的孤廟衝去。

我恨死了這金色的流光，是要提醒我，他們又走了嗎？

「嘭」，我和楊晟再次碰撞在一起，這一次是勢均力敵的爭鬥了，是承清哥和承心哥用生命的代價，是道童子用燃燒意志的力量，讓我承受了更多！

驚天動地的戰鬥，並不比在那一邊雷公虛影和鬼帝的戰鬥差勁，命運之河不停的和天地之力幻化的各種力量碰撞，我和楊晟從天上打到地下，有時候是接連碰撞的幾十拳，有時候卻是像地痞無賴打架一般的在地上翻滾！

我的腦子一片混沌，巨大的憤怒和悲傷已經真正的將我淹沒，原本被修補好的靈魂和肉體，隨著我不停的索求力量，又開始了新一輪的破碎。

死就死吧，魂飛魄散也好！只要可以……我的憤怒讓我破釜沉舟的踏上了一條是懸崖的絕路，但如果跳下去，能換來值得，又有什麼不值得跳下去的？

諷刺的是我借來了我自己都計算不清的力量，卻經過了好久的時間，始終和楊晟處於拉鋸戰。

我看見雷公的虛影終於開始變得黯淡，老掌門所說的時間，終於是要到了嗎？我不能再次耽誤了，我再一次的吶喊，如果意志可以燃燒，就再借我一些力量吧！

只要再一些，在這樣的憤怒當中，或者是老天的憐憫，又是一股天地之力灌注於我，伴隨著靈魂第一聲破碎的聲音，我又沖開了一個穴竅！

整整……一百個穴竅，我做到了這一步，我大吼著一拳狠狠的轟向了楊晟，楊晟終於在這一次開始急劇的後退，我終於有了碾壓他的力量！

在這個時候，楊晟的臉上第一次有了惶恐的神態，難以置信的看著我，而我卻是衝過去，一把抓住了楊晟，拳頭如同雨點般的朝著楊晟落去。

最後的意義，我心中剩下的只有這一句話，只要我……只要我在這裡徹底的消滅了楊晟。

「陳承一，沒有時間了……最後，請求你守住楊晟……」在這個時候，忽然從山坡之下傳來了老掌門的聲音。

什麼？我只求多一些時間的，因為楊晟的肉身如此強大，就算碾壓式的力量，要殺死他也不是一時半會兒的事情！

我難以置信的轉頭，看見的卻是雷公的虛影漸漸淡去，滿是傷痕的鬼帝在耀武揚威的於天空之中嘶吼，楊晟勢力那邊傳來了驚天動地歡呼的聲音，然後那些陣中之人開始紛紛朝著這邊的山坡衝來。

正道的大陣只剩下百十來人還疲憊的活著，珍妮大姐頭彷佛宿命般的站起來，說了一句：「跟著我衝，等待著最後的時間，魚死網破吧。」

真要到這一步？我的心中說不出的酸澀，明明就有可能守住的啊。

在這個時候，楊晟張狂的大笑起來，而老掌門的聲音再次傳來：「承一，困住他，只要半分鐘就好！」

在風中，我看見老掌門的身影了，他站起來，走向了那塊大石，拿出了那一個精密的電話。

我明白了，心中帶著無限悲痛的明白了，我一下子衝過去，死死的抱住了楊晟，楊晟在劇烈的掙扎……可是有什麼用？至少困住他半分鐘，我是能夠做到的！

時間一分一秒的過去，這真的是最後的最後了嗎？楊晟的怒吼在我耳邊，不知道什麼時候變成了大笑，他在笑什麼？

我的靈魂不可逆轉的開始層層破碎，肉身的暗傷也終於爆發，鮮血噴湧。

在模糊中，我看見老掌門的神情忽然變得絕望，手中的電話一下子掉落在了地上，在遠處楊晟的人馬中走出了一個根本就不引人注目的身影，手中拿著一部電話，緩緩的摘下了面具，接著，他有些充滿嘲諷的聲音，用道家的吼功傳遍了整個戰場：「有些可惜呢？直接打到我這裡來了，但很抱歉，不能行動。」

江一！我的心一下子也跟著變得絕望了，怎麼能是他？江一！

楊晟張狂的大笑，忽然伸出一隻手臂，殘忍的撕開了它，一瓶炫目得讓人頭暈的紫色液體出現在了他的手中，他用一種嘲諷的語氣對我說道：「陳承一，你從來就沒用贏的機會。」

說話間，他捏碎了那個裝著紫色液體的瓶子，那些紫色的液體全部被他倒入了口中，我感覺到他的身體在急劇的膨脹，一個用力，就徹底的甩開了我。

我重重的跌落在雪地當中，看見天空中光明大盛，不知道從哪裡湧現的大霧一下子包圍了整個戰場。

「是時候了……」楊晟這樣說道，拿著聖鼓，大步的朝著孤廟走去，風雪之中，我的生命在快速的流逝，只剩下一首歌在我耳邊反覆迴盪，這就是最後的最後嗎？

什麼都不是
我們什麼都不是
只是被遺忘在世界的一個角落
要愛
只能夠向上天乞求
不論是什麼年代
為什麼傷害
人性隨手可買
隨手可賣
風不斷的吹起
你眼裡的憐愛
我看著我愛人
彷彿看著更愛的人，風永遠吹不停，我閉上眼去想
忍不住放聲的哭
第一次我感覺
我的無能為力
有誰看得清

有誰可以看得清
在人與人之間珍貴的感情
去愛
學著去愛別人
學著尊重別人
不管他的地位
不管他的語言
他的顏色……
風不斷的吹起
卻吹不斷傷害
我看著我愛人
心疼我們更愛的人
留一盞風燈
彷彿看見你
流著眼淚
風永遠吹不停……

老天爺，這就是你要給我的結局，真正的結局嗎？還會有多少後來的人，踏著我們的腳步走上這裡，再一次的抗爭呢？

我覺得我累了，我就要沉睡了……師祖，為什麼你到最後也沒有出現？

心中迴盪的歌聲中，我的意識漸漸的模糊……

第二百一十八章　生命的最後

天空即便灰暗，依舊是亮的，片片的白雪落在臉上，可是身體的溫度已經不足以將它融化。

我覺得在白雪完全覆蓋我以前，我的整個世界就會陷入黑暗吧？

回想自己也有過幾次生死的危機，但靈魂破碎以後的魂飛魄散，那在臨去之前會讓我看見什麼？

山下的廝殺聲依然在繼續，明知必死，明知已經無法扭轉，還義無反顧，那是普通的嘲笑，卻是英雄的信念。

雪花看起來是如此的溫暖，卻是冰冰涼涼沒有一絲的溫度，或者，這種冰涼讓我腦子分外清醒，我開始想起了一件遙遠的往事。

那是在江一的辦公室，那個祕密的辦公室，我找他要師傅的資料，那間辦公室裡有著各種各樣的照片，有一幅非常不起眼的合照，上面站著十幾個人，黑白的照片好像在訴說年月的久遠，上面有好像挺年輕的江一，還有一個人不就是那萬鬼之湖的城主——寧智風嗎？

其他的人我沒有印象，只是那個時候的照片都喜歡落款，上面我清楚的記得有一行白色的小字，上面書寫的什麼我忘記了，但同門兩個字卻是記得的。

不是我刻意去忘記那張照片，只是因為江一在和我談話的時候，手不經意的一揮，裝著那張照片的相框就撲倒在了桌上。

所以，我在萬鬼之湖和寧智風大戰，心中總有一些不對，原來是因為我在江一的辦公室曾經不經意的看過那麼一張照片，就是因為我驚人的記憶力，才會察覺到不對，卻怎麼也想不起來到底是為了什麼。

畢竟就算記憶力再驚人，也想不起來生活中的每一個細節，而江一掩飾的動作又太過自然，如今我好像還能想起什麼？

在漸漸模糊的意識中，我好像記得那照片的背景是一棟大樓，被人頭遮住的樓體大門，隱約有半個書寫得很奇怪的字母，如今細想很像一個A字的半截！

原來，江一是……

我忽然發現有些可笑，為什麼到這個時候，才真正想起了這麼至關重要的一件往事，還是因為那個時候，他們都是年輕時候的容顏，太過讓人忽略這些事情，所以無法對號入座？

再一次的回想，我忽然又想起一個細節，照片上有一個人好像……我似乎到現在也不敢肯定是我在飛機上曾經有過一面之緣，差點讓我陷入夢魘的老者？

「江一，事到如今，你原來就是A公司埋在正道之中最深的一顆暗子。江一，你就是A公司辛苦培育的黑暗十七子之一，是不是？」在我想起這一切的時候，老掌門顫抖的聲音響徹在整個戰場。

我努力的仰頭，看見的是站在那遙遠處的江一漫不經心的的笑著說道：「承認了又何妨，你們到今天全部都得死，沒人會知道發生的這一切，對了，我忘記告訴你了，其實我不是山字脈的人，我真正的身份是命卜二脈。那才是我成為部門頭領的原因，因為這兩樣所學，比較容易獲得人的提拔，老李一脈的命卜二脈算什麼？」

江一臉上全是輕蔑的笑，這麼這麼諷刺！

「江一，你果然就是扶不上牆的爛泥。」在戰場之中，珍妮大姐頭就是一個全身浴血的女將，她悲憤的大喊了一聲。

原來，這個真正看不見的敵人是江一，什麼是黑暗十七子，那才是江一真正的身份嗎？

「珍妮，妳今天註定會死在這裡，妳這個老是愛教訓我的女人，很多次，我是想親自動手殺了妳，現在看來不用了。妳也曾經懷疑過我吧，可惜，妳也是個太講感情的人，又不忍心懷疑一個相交了那麼多年的人吧？太諷刺了，哈哈哈……」江一笑得很輕鬆，就像卸下了千斤重擔那般。

黑暗十七子，原來正邪兩道的博奕暗湧這麼的深，可是這一切和我還有什麼關係呢？

大時代揭幕的一戰，原來是如此讓人悲傷的一戰，我只是但願，這個師傅口中的大時代來臨之後，還有更多的英雄出現，將前仆後繼的帶領著人們真正的走向靈魂的光明。

「楊晟，就是現在！鼓敲七聲，獻祭白瑪！」在我無盡的悲哀之中，忽然疲憊的吳天大喊了一聲！

他還要控制鬼帝，畢竟邪惡的東西都是一把雙刃劍，鬼帝如果不受控制，一樣會攻擊他們，鬼帝沒有認主一說。

這些都只是瞬間的事情，但什麼是鼓敲七聲？在這個時候的楊晟已經立在了孤廟的門口，那個戴著面具的白袍人，如同沒事一般的站在孤廟大門的旁邊，楊晟或許因為時機的原因，也來不及理會那個白袍人。

他喝下了藏在手臂之中的紫色液體，整個人又再一次的變形，原本已經恢復正常的他，再次變成了之前那需要面具和包裹嚴實的衣服遮蓋的樣子，甚至更加醜陋恐怖，身上的肉簡直是以肉眼可見的速度在蠕動，這根本就是正常人無法接受的樣子。

我是不懂鼓敲七聲的意義，但總是懂得獻祭白瑪的意思，是什麼東西需要獻祭白瑪？這個時機又是什麼時機要到了？

在這個時候，不知道從哪片天空滾動而來的白霧更加的濃重，混合著飄飄的白雪，原本在孤廟之後亮光大盛的天空更加的明亮，在明亮中彷彿透出了隱隱的金光。

空間扭曲得更厲害，比起當時召喚鬼帝而出時候那種空間的扭曲厲害不只千百倍，就像有一個真正了不得的存在要出現了。

在這個時候，我的靈魂破碎得厲害，但還勉強的相連，讓我不至於意志消失，但我知道，當破碎一旦開始的時候，那就像龜裂的玻璃遇見了外力，會整體一下子崩碎，而不是只摔碎一小塊。

而我的身體也在劇痛，感覺到每一塊肌肉都在破碎的感覺，我想當靈魂破碎的時候，我的整個身體就如同被拍散了肉筋的肉塊吧。

這個形容我還能笑出來，也不知道是不是所有逝去的人都在前方等我，但在這個時候，我身體內一直沉睡的傻虎，像是感應到了什麼，猛地從我的靈魂中一下子發出了一聲震天動地的咆哮之聲，然後猛然的站起。

傻虎一直都與我生死與共，在我無數的戰鬥生涯之中，它立下了不可估量的汗馬功勞，而且它才是真正從我出生起就伴隨著我成長的兄弟，為什麼這一次的戰鬥它一直在沉睡？

在這個時候，醒來的它好像變得不一樣了，變回了最樸實的白虎模樣，但不同的是，身上的皮毛有一種無形的光澤在流動，讓人感覺它好像一隻金屬鑄就的白虎，牙齒和爪子給人以無形的壓力。

我雖然靈魂破碎，但依舊感應得到傻虎之所以變成如今這副模樣，是受到了這裡某種無形物質的滋養，但是是什麼，我並不清楚。

在這個時候，傻虎帶著擔憂和無限留戀的眼神看了我一眼，這是什麼意思？我看見在靈魂的世界中，它朝著破碎的我舔了一下，然後毅然決然的開始吸收我生命裡殘留的生機。

傻虎這是什麼意思，最後要親自動手殺了我嗎？

可是，我沒有任何的反抗，我信任它……

在這個時候，我看見楊晟帶著一種狂熱卻又怪異的虔誠，敲響了手中的那面聖鼓，在這個時候，聖鼓的鼓聲變得平常，再也沒有伴隨著梵唱，可是白瑪的靈魂再次清晰的出現。

她靈魂的聖潔彷彿與孤廟之後那道亮得刺眼的天際有著奇妙的共鳴，伴隨著陣陣的鼓聲，天際好像扭曲破碎了一般，卻又看不到任何的裂痕，我只是在這個時候，清楚了一件事情，就是那濃重的白霧原來是從那裡來的。

鼓聲一聲又一聲，我殘留的生命力已經不多，被傻虎不知道用什麼方式吸取之後，很快傻虎就完成了這件事情，只留給我了最後一絲生命力，讓我保持最後的清醒。

接著，傻虎再次留戀的看了我一眼，沒有用意識和交流什麼，可是那一眼的內容卻飽含了太多不捨，還有留給我一絲生命力的最後一絲賭博在其中。

可是，在賭博什麼了？傻虎沒有給我答案，而是化作了一道流光，掙脫了我的靈魂，一下子從我的靈魂深處飛出。

傻虎是要戰鬥嗎？傻虎不要去，我在靈魂中吶喊，可是傻虎哪裡會理會，從我的靈魂中飛出以後，它化作了一道金色的流光，原來，這金色的流光是……？

是它們？

慧根兒的龍血、我們老李一脈的伴生妖魂、肖承乾的蛟魂、強子的檮杌之魂、陶柏的朱雀之羽……原來是這些！

怪不得路山、如雪、如月沒有……這一切到底是什麼意思？

第二百一十九章　蓬萊現

可是，我真的只有最後的一絲生命力了，所以一切的感知就變成了最低，只能看見眼前的事情，聽到耳邊的事物，但江一那彷彿穿透性的笑聲卻是如同魔音一般的貫穿入我的腦海。

這是一個我靈覺也感知不到的人，只能說他會讓我本能的防備，卻又不會完全的確定，關於黑暗十七子的事我並不知道，但在洞穴中修煉時，秋長老會時不時的和我說起一些A公司的祕聞。

大概也就是說過，A公司表面是一個公司，實際上也可能認作是一個門派，他們也是有自己的傳承的。

所以，他們有一批自己的傳人，個個都是頂尖優秀的，但和正道的光明正大不同，或許有著更大的圖謀，所以那一批傳人的身份都是絕密。

江一是一個仔細的人，不會如此囂張的把那一張照片擺在辦公室，或許他擺在辦公室的桌子上，還有什麼別的原因，但已經不是現在快油盡燈枯的我能夠探尋的了。

而世間可能也只有我一個人有如此巧合的際遇，見到了其中的三個人，可是要是江一今天不在戰場上宣佈他的身份，可能那張照片最多也只能讓我確認他和A公司有著千絲萬縷的連繫。

畢竟A公司的標誌到底是什麼？這世間也沒有一個確定的說法，直到現在如果江一不說出身份，我也不能確定那半個字母是不是A？

他們太神祕了，也太強大了，強大到正道那麼大的情報機構能打探到的都是有限。

但，這一切還與我有什麼關係？有些東西的徹底湮滅是一個漫長的過程，就像奴隸制度的徹底消失，經過的歷史也是一段長長的血淚史。

就算這場大戰最後的結果發生逆轉，也不是能扳倒A公司的，只是各種碰撞中一場比較重要的戰役吧？

可我始終篤定，會有後來的人追隨我們的腳步，一定是這樣的！

好像沒有什麼可以做的了，我眼睜睜的看著代表著傻虎的那道金光射入了那座孤廟，在那一刻孤廟的金光大盛，像是終於完滿了一件事情。

在這個時候，那個始終不動的白衣人終於動了，很怪異的一副祈禱的姿勢，用道家的說法就像是上表天聽，求天道賜福的樣子，可是要賜予什麼呢？

我想不到到現在，還有什麼可以扭轉戰局的？

顯然那個神祕白衣人所做的一切，也引起了楊晟的警惕，但他忙著敲動手中的那面聖鼓，好像每一下都很吃力，也顧不上那個白衣人。

戰場的喧鬧還在繼續，或者是生命最後的綻放和抵抗，這一次正道的人殺得轟轟烈烈，並沒有一個人能衝上來，幫楊晟清掃一切的障礙，包括我這個將死之人。

鼓聲在繼續，一聲、兩聲、三聲，幻化的白瑪聖潔的靈魂，與天空中越來越亮的光芒產生了某種奇妙的連繫。

我的內心很沉痛，我答應過路山的事情，我要怎麼做到？七聲之後，白瑪的靈魂將被獻祭，我就要永遠負了路山。

這個時候，楊晟已經敲響了第五聲聖鼓，在他的臉上，已經展露出了一種即將勝利的表情，帶著好像「心酸」的走過那麼久，終究得勝的樣子。

奇異的事情也發生了，在這個時候，白霧中無形傳來了一陣力量的風暴，一下子包裹了那個祈禱姿勢的白衣人，那力量的風暴帶著很神聖卻也冰冷的力量，讓承受的白衣人全身顫抖。

那是什麼樣的力量？讓我用殘餘的生命力只是體驗到一點點，都感覺到一股讓靈魂顫抖的強大，就算全盛時期的我，都根本不能比較的力量。

「咚」，第五聲的鼓聲餘音顫動，好像這一次的鼓聲分外的不同，讓人的心靈都在震撼，在這個時候，我聽見吳天因為激動，連嗓音都變得尖細的聲音：「來了，來了……要來了！」

什麼要來了？在這個時候，楊晟也激動得渾身發抖，終於揚起了手敲動了第六下聖鼓，在這個時候，白瑪的靈魂也終於爆發了，爆發出一股聖潔到極點的神聖力量，彷佛是在召喚孤廟之後的那道金光。

濃霧再次翻滾，就如同大海的波濤，濃烈到連投向那個白衣人的力量都給淹沒包圍了。

在這個時候，我聽見了「轟隆」的一聲，明明那麼震撼的轟隆的一聲，卻又像是無聲一般，只是震開了層層的聲浪，接著，我看到了此生可能真的不會再重複的一幕。

一片巨大的陰影帶著神聖的光芒出現在了孤廟背後的上空，從那片上空傳來了如同發自遠古獸的嘶吼，又帶著一股滄桑的荒古氣息一下子把整個戰場包圍！

那是……我只是看見了一大片的陰影，好大……就像一百個足球場那麼大，或許還要大一些，從扭曲的空間中而來，層層的濃霧將它包圍，我根本看不清楚全貌，只是看見它的下方，好像是堅實的土地，又像是無形的投影。

「蓬萊，這就是蓬萊！登上蓬萊……就能去到昆侖，它，它也要來了，快，快敲鼓……讓蓬萊島在這裡停下。」吳天那再次變得尖細的聲音興奮到顫抖的出現。

在這一刻，我看見楊晟激動得全身發抖……手揚起，就要敲動那第七下的聖鼓，而我的靈魂和肉身也到了極限，最後的一絲生命力也真的耗盡了……破碎，不可逆轉的破碎就要來了。

就這樣安天命了吧？我閉眼，只是在這一刻，我應該想一些什麼呢？這麼一堆犧牲以後，依然無法改變的「爛攤子」，是應該對後人內疚的吧？對不起啊，讓你們更加艱難了一些？

我等待著自己的徹底湮滅，卻不想在這個時候，一個溫暖的懷抱，一下子從背後抱住了我，源源不絕的生命力，一下子包裹了我，讓我模糊的意志再次變得清晰。

我沒有轉頭，可是從熟悉的氣味我也知道……是如雪！

她，她沒死？我的內心好像得到了莫大的安慰，忍不住笑容就掛在了臉上，這算是諸多不幸之中最幸運的一件事情了吧？我想起她之前說過的那句話，抱著如月說的那句話，或許我需要她。

一隻帶血的手輕輕的撫過我的臉，那是如雪重傷之後，歷經了千辛萬苦爬上來的吧，所以手才會這個樣子，前一世總說要對我狠心，總說要帶著恨，到了這一世，依舊是在我墜入絕境的時候，給我無限的支撐和安慰，這就是一個女人的兩世嗎？

果然，情這種東西能夠穿越時間和空間，甚至穿越輪迴的障壁。

「我和本命蠱是性命相連的……牠幾乎不滅，也給了我很強的生機，我沒死，就一定要來支撐著你，因為我活著，就不能見到你死。」如雪的話輕輕的在我耳邊，幾句話輕描淡寫，並沒有告訴我太多的事情。

她成為了一個守墓人，把自己的一切關進了龍墓，守著一群怪物蟲子，她得到了牠們的生機，好像生命顯得更加寂寞一些，有時候活著不是更痛苦嗎？她在那個神祕的地方，好像也學會了一些東西吧，不然如何傳遞生命力給我？不然……不然又如何打發寂寞的時光？

我們不需要知道彼此太多，但我們只需要知道彼此相愛，我吃力的把手放在了如雪撫過我臉上的手上，輕輕的握住了，這已經是第幾次了，她再一次用她的生命支撐我的生命？即便此刻已經是邪道大勝，支撐我，也不過是短短的瞬間，她仍然願意這樣做！

我只是遺憾，今生有這樣的愛情，我卻沒有辦法拿出回報了，就算有生命力也阻止不了我靈魂破碎的過程，如雪不知道我受了多麼嚴重的傷。

可我還是願意去享受這短短的一分鐘，或許只是幾十秒，已經是永恆了。

風雪中，濃霧裡，她擁住我，我抓住她……這樣死去很幸福。

楊晟的鼓聲就要落下第七下，但在這時，忽然衝去了一個蒼老佝僂的身影，背後站著巨大的大力金剛塑像，一下子衝向了楊晟。

路山？是路山……我的心裡再次充滿了驚喜，路山也沒有死？

「咚」，原本路山是沒有辦法撼動楊晟的，但不知道是不是身後那大力金剛的虛影，讓他衝過去之後，一下子把楊晟撞了一個趔趄，楊晟原本敲鼓的動作被生生的打斷，一下子朝前撲了兩步！

「我×！」楊晟憤怒了，一腳踢向了路山，路山的身影高高飛起，卻帶起一串張揚的大笑。

「咚」，路山重重的落地了，用已經蒼老的樣子繼續望著天空大笑：「哈哈哈，我怎麼可能讓你們獻祭白瑪，噗……」說話間，路山吐出了一口鮮血，然後繼續說道：「鼓聲七聲以後，白瑪靈魂燃燒，這樣的聖潔氣息喚來了蓬萊，因為我的白瑪她有資格去到昆侖，最後被你們獻祭的靈魂會剩下一絲殘魂，殘魂不能登上蓬萊……」

「而……」路山的嘴角在冒著鮮血，他繼續的說道：「而蓬萊沒有接到白瑪，不會離去，你們要留住蓬萊，只要聖潔的氣息不散，你們就能留住，那白瑪燃燒靈魂之後，遺留的聖潔……怎麼可能那麼容易散去……是不是這樣？哈哈哈……」

路山笑，他悠悠的說道：「我怎麼能夠讓白瑪的靈魂不完整？拉崗寺真正留下的聖器不是白瑪做成的鼓，而是這一座孤廟……承一，你聽見了嗎？」

天空中來自遠古的獸吼依舊響徹著整片天空，濃霧翻滾中的陰影……原來就是蓬萊。

雪中，如雪依然緊緊的抱著我，我的第一片靈魂碎片就要飄出身體，她只能延續我這麼久的生命了，而我也不知道如何去回應路山了。

原來，一切竟然是這樣？

第二百二十章　最後一戰

「承一，堅持住……除了我再也回不來，我覺得他們都會回來的，都會回來的……」路山的聲音斷斷續續在風中，而我覺得我就快要聽不清楚了。

如雪的懷抱很溫暖，卻也漸漸變得虛弱，我只是模糊的看見楊晟腹部的那隻蟲子還在，也有些虛弱的樣子了，如月的蟲子在哪兒？

還在楊晟的身體裡面嗎？我發現我有好多的問題想弄清楚，當然最想弄清楚的自然是什麼叫他們都會回來，路山又怎麼回不來了？

楊晟暴怒的想要過去殺死路山，或者他忙著一路闖蕩上來，根本沒有注意到路山並沒有死，給他帶來了那麼大的隱患，而可能他也永遠不會明白，到底是什麼支撐著路山？

可是路山卻根本不看楊晟一眼，只是望著天空中白瑪依舊存在的虛影對我斷斷續續的說道：「承一，到最後讓白瑪去到她該去的地方……」

然後在顯得有些淒厲的風聲中，傳來了路山有些孤獨的歌聲：「你……從天而降的你，落在我的馬背上……」

如雪的淚水滴落在我的頸窩，我早已經悲涼得哭不出聲音，在那一刻，我彷彿看見一片靈魂的碎片飄出了我的身體，路山的歌聲也戛然而止，他回不來了嗎？

在這個時候，我的靈魂中忽然傳出了一聲長嘯，我原本飄散的靈魂碎片，被一個巨大的靈魂力生生的摁回了身體。

然後我破碎的靈魂被那強大的靈魂力強行的擠壓在了一起，一時之間強行的穩固了我即將要破碎的靈魂，雖然這只是治標不治本的辦法，可好歹能讓我拖延下去。

在這個時候，一個灑脫又帶著些內疚的聲音從我的靈魂深處傳來：「承一兒，只能給你這麼一些力量了，否則我將無法支撐接下來的事情，你等著，一切犧牲自有天道的回報！」

這個聲音我再熟悉不過了……師祖！我那一直沒有動靜的師祖在這個時候，終於醒來了……難道事情還有轉機？

接著，在我還沒有反應過來的時候，吳天那激動到顫抖的聲音一下子快掀翻了整個戰場：「楊晟，它來了，融合它，你還有機會！沒道理不接走昆侖人的，抓緊時間，趁白瑪的靈魂還未完全清醒離去的時候，你還有機會！」

楊晟陡然停住了腳步……機會？什麼楊晟的機會？

重新得以拖延的我，本能的感覺到所謂楊晟的機會應該就來自上空，來自蓬萊，我一抬頭，果然看見一道巨大的紫光，朝著楊晟撲去，在我沒有反應過來的時候，一下子包裹了楊晟。

「堅持住，你喝下了蟲卵提煉的原液，身體一定能夠承受，你堅持住！你到時候就是真正的昆侖人……不，融合那麼多昆侖之魂，你比昆侖人還要強大……」吳天的聲音太過激動了，也不知道楊晟成了他口中所謂的昆侖人，他到底有什麼好處？

「啊……」楊晟發出了一聲震天動地的巨吼，然後開始在地上劇烈的翻滾，那強大的力量讓整個山坡都在震動，而他的身體一下子散發出強烈的紫光，一下子又變得無色，一下子又變回了正常的他的樣子，顯得詭異無比。

「怕嗎？他會變得很強大？」我輕聲的對如雪說道。

「不怕，有你在，其實我沒有怕過。再說，你不覺得他很可憐嗎？」如雪的頭搭在我的肩上，輕笑。

「不是堅信邪不勝正嗎？」我問如雪。

「一直都相信的，只是我從來都不急著去看見光明，我知道那要經過漫長的黑夜。」如雪輕聲的對我說道。

我握緊了她的手，此刻已經無須多言，但是下一刻，我和如雪瞬間的溫情就被一個聲音打斷，他說道：「符合規則，可……」

什麼符合規則，可？我一時間並沒有搞懂，這個淡漠卻充滿了神聖的聲音是從哪裡而來，卻看見那個白衣人一下子站了起來，整個人變得威嚴又強大，充滿了一種不屬於這個世間的氣勢。

他緩緩的摘下了面具，面具被隨手扔在了一邊，然後在白雪覆蓋的碎石底下顛簸了幾下，靜靜的落在了那裡，我卻震驚的目瞪口呆……這，這是韋羽？

我還記得他說過的話，「我是神仙的後人……」難道，他並不是給我開玩笑的？

在那一瞬間，我忽然覺得命運很奇特，而且我也弄懂了楊晟的情況，我想起了強尼大爺告訴我的一件事情，最厲害的昆侖之魂，幾乎是完整的昆侖之魂就在蓬萊的邊緣，楊晟要吞噬那道魂魄。

是的，魂魄肉身相依，那個時候，楊晟只是肉身強大，魂魄卻支撐不了肉身，所以變成了活殭屍一般的存在，後來，他吞噬了天紋之石中的昆侖殘魂，得到了陰陽平衡，這一次，他喝下了那所謂的原液，靈魂再次不足以支撐，那麼，這個最強大的昆侖殘魂就……

也許，就如吳天所說，楊晟經過了這樣一番曲折的改造，應該已經是非常強大了。

也就是在這個我無比震驚的時候，我感覺有一道強大的靈魂抽離了我的身體，那是師祖意志完整，卻被剝離了幾次的靈魂，難道憑這樣的師祖殘魂，就可以扭轉乾坤嗎？楊晟是如此的強大。

但在這個時候，師祖也給我留下了一道訊息，在這個世間，也有守衛世間次序的神，但他們有著和昆侖一樣嚴格的規則，那就是不能對世間的一切紛爭出手，只能在符合規則的情況下，提供幫助。

而且神也不能直接來到這個世間，而是要通過一定的方式，力量上身在這個世間的某些特定人的身上，這些人非常稀少，也有著嚴格的體格限制，具體是什麼，除了這些人自己外，沒人瞭解。

這些人的傳承一般是依靠血脈，所以這就是他們神奇的真相！

這顯然和秋長老給我說起這個世間三大鐵則的事情相符合，真的有神仙，他們就如傳說一般飄渺，可他們卻真的在你舉頭三尺之上！

韋羽顯然是典型承受了神力的人，他說了一句符合規則之後，開始踏動著我都看不懂的步罡，在這片平臺上快速移動著，他的動作極快，身體帶起殘影，我仔細的看了看，才大吃一驚的發現，他竟然是在以步罡圍繞著這座孤廟畫陣。

剛才從路山的口中得知，這座孤廟才是拉崗寺真正的聖物，師祖在離去的瞬間也通過意念告訴我了，原來拉崗寺初代高僧的力量強大，佛心通透，是世間真正一大能，得正果已然飛升那種，而他一心牽掛著世間的萬事萬物，感慨於世間人百世錘煉的不易，追求大道的艱辛，所以發大願為世間人多開闢了一條路。

那就是這座孤廟，這座孤廟是什麼？確切的說，就是漂泊的蓬萊的一個港口，只要符合的人登上這座孤廟，以靈魂之力溝通，蓬萊就會出現！

可是，後來卻被拉崗寺的僧人生生的隱瞞了這件事情，那個時候路山告訴我，拉崗寺就是一個藏汙納垢的地方，或許，變故從路山知道的更早就發生了，否則，這孤廟的事情怎麼會被隱瞞？

或許這些僧人自知去不了神仙聖境，卻充滿了野心，想要去到這樣的地方，才會那麼殘忍的把白瑪這樣聖潔的女子製造成所謂的聖器吧？

在這一瞬間，我好像領悟了許多，楊晟還在地上翻滾，而韋羽的腳步也越來越快，快到我捕捉不清的時候，我看見之前投入孤廟之中的金色流光全部浮現，然後圍繞著韋羽踏下的足跡，組成了一道金光閃閃的陣法。

這個陣法有什麼作用？我一時之間還不太明白，卻看見韋羽神色疲憊的退到了一旁，用一種脫世間之外的神聖表情，帶著一種慶幸的說道：「力量沒有用完，這是天道的仁慈。」

這個時候，我看見了師祖有些虛幻的身影，畢竟是靈魂的狀態，不可能有真人那樣的凝實，他一步步的走向了那個金光大盛的陣法，神情中卻充滿了某一種堅定，說道：「天道總是會留一線生機，這原本就是應該的。」

韋羽化身的神仙好像並不在意這些，只是說道：「總之，這個召喚之陣，是帶著上古力量的諸多靈魂維持的，而我也沒想到，這個世間的人竟然會將規則違背成這樣，惹得昆侖要親自出手。不過，你我老交情，我不得不佩服你步步為營的計畫，竟然讓攜帶著上古血脈力量靈魂的後人來到此處，最終成陣，有幾個雖然殘碎，卻是真正的上古聖靈。老李，你下得一手好棋啊。」

「天意若然不如此，我怎麼安排也是沒有作用的。而且犧牲和真正衛道的殘酷，才會讓這些小輩成長，只是可惜了……」說話間，師祖轉身，望著路山，輕輕的歎息了一聲。

「我看見了全部，這何嘗又不是他的心願？況且，他也有自己的一番機緣。」說話間，韋羽望向了天空之中白瑪的虛影。

師祖卻沒有多說什麼，只是看著韋羽說道：「主持大陣吧。」

韋羽也不介意師祖說話的語氣，只是坐到了孤廟的門前，開始念誦晦澀難懂的咒語，師祖站在孤廟的門前，用一種悲天憫人的目光望著下方的正道修者，說道：「只需再堅持片刻。」

在這個時候，我才終於明白了，為什麼是我們這些後輩一路衝上了這座孤廟，原來我們要攜帶的是我們身上帶著上古血脈力量的靈魂上來。那為什麼要到我們快身死的時候，那些靈魂才出現，這個師祖並沒有給我答案。

我很疑惑，師祖卻好像看透了我的心思，看著我說道：「要你們堅定的衛道意志，才能驅動這些靈魂甘願用力量成陣，原本要消耗完畢它們的力量，只保留它們完整的靈魂，最終破開空間……不過，幸運的是它們的力量並未耗盡。」

這個時候，楊晟依舊在嘶吼著，但看樣子他身上的紫光收斂了許多，是要成功了嗎？

可師祖在這裡，我分外的安心，只是問師祖：「這意味著什麼？」

「你難道不知道？」師祖看著我這樣說了一句。

我皺眉一想，忽然想起傻虎吸取我生機的事情，師祖也繼續說道：「它們帶著你們的一線生機，才能保持自己的靈魂不受創傷，完全的成陣。如果力量耗盡，它們會回歸該回歸的地方，比如昆侖，比如很多地方。但如果沒有，這線生機會還給你們，只要有一線生機，就有無限的可能。」

說到這裡，師祖變得沉默而嚴肅了，因為身後的陣法好像到了一個關鍵處，也是同蓬萊出現一樣，湧現出了陣陣的白霧，接下來，我再次感受到了一次震撼，那就是那陣法上空的空間也扭曲了，在那一瞬間，我看見了一個模糊的場景。

這場景對於我來說，已經不陌生了，因為在很久以前的黑岩苗寨，惡魔蟲消失的那一瞬間，我曾經看見過，濃霧籠罩的山，好像無窮無盡，偶爾出現簷角，仙境……真正的仙境。

可是和上次一樣，這也只是出現了一瞬間，下一刻，讓我更加震驚的事情發生了，那就是我看見空間劇烈的扭曲之中，在我看不清楚的情況下，一個盤坐的身影陡然出現了。

那是……那是——師祖！

我簡直難以置信，從來師祖都是以靈體的狀態出現在我們面前的，沒想到有一天，我竟然可以看見師祖這樣活生生的出現在面前。

「承一兒，我靈魂已不完整，等不了漫長的養魂，你我命格相同，所以今日借你力量一用，好用上這昆侖降下平亂的力量……」說話的時候，我看見師祖的靈魂朝著自己的身體的走去，而我卻不知道師祖要借我什麼？

在這個時候，我好像看見了希望，卻也震驚不已，原來師祖真的還活著，他的肉身就封印在昆侖……要是師傅，師叔們看見這一幕，將有多麼的高興？可惜……想到這裡，我心裡難過得無以復加，我們小輩還有一線生機，那師傅他們呢？

好像這個時候，肉體與靈魂的融合需要一定的時間，師祖的身體還是盤坐不動。

山頂上發生的一切，卻被所有的正道人士看在了眼中，給予了他們無限的希望，鬥爭還在繼續，吳天的臉色複雜，江一卻不知道在想些什麼？

或許只是過了幾分鐘，又或許是過了十幾分鐘，在這個時候的楊晟終於停止了掙扎，從地上站了起來。

他的樣子很狼狽，但此刻竟然完全恢復了當年的容貌，只是神色之間的瘋狂更重了。

「我贏了。」他只是這麼簡單的說了一句，或許知道時間不可耽誤，竟然二話不說，一道更大的命運之河出現在他的身側，然後朝著師祖和韋羽的位置席捲而去。

我不禁為師祖擔心，因為楊晟的力量此刻已經是我看不透的巔峰了，卻不想那個陣法閃動，一股力量從陣法中傾瀉而出，一下子擋住了楊晟的命運之河。

楊晟的臉上流露出了難以置信的神色，不甘心的調動命運之河，一次又一次的朝著師祖進攻，但力量全部都被抵消。

「那就我親自動手！」或許知道師祖是這場戰役最後的關鍵，楊晟大吼了一聲，竟然親自朝著師祖衝了過去。

這一下不是靠無形的力量就可以避開的，我的心一下子提到了嗓子眼兒，卻看見師祖陡然睜開了眼睛，大喊了一聲：「放肆！」

說話間，師祖的身體長身而起，一些輕描淡寫的清風包裹，讓他的身體陡然移開了半米，避過了楊晟的拳頭。

師祖真正的復活了！

我的心一下子充滿了一種難言的喜悅，還有巨大的委屈，就像是一個小輩終又得到的長輩的依靠一般，可以盡情的傾訴了，師祖給了我一個慈和的目光，然後再次輕描淡寫的移動了身體，避開了楊晟的拳頭。

這對於我們來說，幾乎是不可完成的任務，因為楊晟的速度太快，根本不能避開，只能硬碰，卻不想對五行術法運用到極致的師祖竟然這樣就避開了，並且在避開的同時開始掐動起手訣！

楊晟就像一個總也撲不到蝴蝶的小孩，漸漸的神色中就有了焦急，他可能沒想到在獲得了巨大力量的情況下，依舊碰不到我師祖的一個衣角。

而我師祖的動作根本就不帶人間煙火，飄飄然，就跟真正的神仙一般。

「既然如此，只知道躲藏，你又奈我何？那我這就登上蓬萊，去到昆侖，我已經知道你是怎麼回來的了。」楊晟大吼一聲，竟然放棄攻擊師祖，他在這一刻也看穿了師祖並沒有擊倒他的力量，只是憑藉術法的優勢，躲開了他的進攻而已。

說完這句話，楊晟就頭也不回的朝著孤廟跑去，如果說那裡是港口，那麼登上蓬萊，必定經過孤廟。

在這個時候，師祖轉頭看了一眼戰場的下方，看了一眼吳天，眼中全是失望的神色，顯然，楊晟能知道這些祕辛，絕對是吳天透露的。

可是，師祖的臉上卻沒有驚慌的神情，而是繼續掐動著手訣。

而楊晟衝入了孤廟之中……

第二百二十一章　春暖

師祖為什麼不阻止楊晟？如果楊晟衝入孤廟，到了蓬萊，然後吳天配合再想辦法散去了白瑪之魂，蓬萊就會消失，楊晟就會去到昆侖，那麼他又知道回來的辦法，那個時候，世間就會被製造出無數的楊晟，然後無數的人將會成為他們的養分和奴隸。

可是師祖依舊在掐動手訣，一臉的鎮定！

但楊晟卻是慘叫了一聲，一下子從孤廟中狼狽的滾了出來，在他身前有一隻消失的大手，看起來就像師祖的手，那是怎麼回事兒？師祖明明就在掐動手訣啊？

在這個時候的韋羽已經收了術，好像接下來的事情就是我師祖的事情了，可是他卻帶著感慨的說道：「昆侖傳道，曾經授予人建築之術，利用特殊的方式封存建築之中的氣場和風水，或者埋下一些特定的東西。老李，你真的好算計，竟然通過托夢的方式，讓得到這個傳道的後人，早早的在這沒被喚醒的孤廟之中，埋下了你的一截指骨，封存了一個術法！楊晟會這樣莽撞的衝進去，必然中招，你也算到了。」

可能這樣正常的一擊不會給楊晟造成什麼傷害，甚至可能會被輕易的化解，但是這樣的情況下，楊晟怎麼防備？

原來，一切的佈局都在師祖的控制當中！

楊晟恨恨的看了一眼我的師祖，而那一邊吳天發出了一聲受傷的長嚎，師祖彷彿有所感應一般的歎息了一聲。

「剛才那個術法已經力盡，難不成你還能擋我第二次？」楊晟狂吼了一聲，再次朝著孤廟衝去。

而我剩下的只有對師祖的震撼，震撼的不是他的力量，而是他算無遺策，為衛道算計的一顆心。我怎麼可能想到，我多年前答應骷髏官兒的一件事，讓昆侖的傳承流轉到他後人那裡去，如今成了師祖的一招暗棋？

「昆侖之力，臨。」在這個時候，師祖終於睜開了雙眼，一個手訣落下，身後的陣法再一次的金光大盛，一股絕大的力量從陣法中逸散而出，包裹著師祖的身軀。

楊晟只是咬牙看了一眼，繼續朝著孤廟衝去，剛才師祖的一招，讓他滾了很遠的距離，儘管速度再快，楊晟畢竟是一個對術法理解粗糙的人，他只能借助肉身的力量。

卻在這時，師祖只是簡單的一個揮手，一道金色天雷編織而成的長矛朝著楊晟激射而去。

這是什麼樣的力量啊？我的師傅要借助王師叔的陣法，還要經過好長時間準備的祕法，師祖竟然瞬發？

面對天雷的力量，楊晟還是有一些顧忌的，但事情到了如此的地步，他也只有賭一把了，竟然咬牙硬生生的朝著天雷之矛撞去，天雷之矛在楊晟身上硬生生的炸開，給楊晟的身上帶來了一片焦黑的痕跡，沒有造成什麼傷害，卻讓楊晟的腳步一頓。

在這個時候，師祖的身形飄飄，開始踏動起步罡，神態無比的瀟灑，揮手之間又是一根天雷之矛朝著楊晟刺去，楊晟再一次硬撞，可是又被擋住腳步。

陣法還在源源不斷的湧現出力量，終於在天空中，投射出了一個盤坐的威嚴老道的身影。

「呵，昆侖之仙的投影……看來這一次昆侖是下了大本錢，要徹底的解決昆侖遺禍，畢竟符合規則的機會不多，可能僅此一次。老李也不用再束手束腳，投影現，這個老兒的力量算是全部借給老李了……」韋羽望著天際，就這樣評價了一句。

但是我心中卻是震撼不已，這是什麼意思？到底神仙是來自哪兒，好像昆侖根本不是唯一的答案？就像道童子又是來自哪兒，上人又是誰？

「神仙……他到底是？」我終於忍不住問了一句韋羽。

師祖的戰鬥根本不用我擔心，在完全得到了韋羽所說的那個老道，也就是昆侖之仙的力量之後，師祖的瞬發祕法好像更加得心應手，楊晟前進的腳步卻越來越慢，因為出現在他身前的天雷之矛漸漸變成了兩根、三根，連楊晟也開始猶豫是不是要硬碰？

而陣法中力量還在不斷的湧現，看來就如韋羽所說，這一次昆侖是下了大本錢，要徹底的清除昆侖遺禍，從昆侖借力開始，楊晟的敗局已經註定！

面對我的問題，韋羽只是瞄了我一眼：「神仙來自哪兒，就看你理解的神仙是什麼了？如果只是能力，或者是靈魂道心比你所在的世間更進一步的存在，那麼神仙來自很多地方，而在你們所謂的神仙眼裡，卻是沒有神仙，只有化身大道的聖，那才是路的盡頭，而他們在哪裡？他們就在你頭頂的青天之上。」

我有些茫然的看著韋羽，或許這句話，我要很久很久以後才能理解，不過，他肯給我說這些，我還是感謝他是一個多話的「神仙」。

前路已經完全被阻擋了，楊晟也被徹底激怒，他終於不再掙扎了，而是轉身朝著師祖衝去，大吼了一聲：「我殺了你！」

暴怒的楊晟，身體力量達到了極限，速度如同一道閃電，就按照師祖之前的速度也根本避不開，而我已經認出，也很詫異，師祖踏動的步罡竟然是四象之陣，雖然是天地禹步，但這未免太低階了吧？

可是師祖卻毫不在意，在楊晟衝過來的一瞬間，剛好步罡踏完，在輕描淡寫之中，楊晟一下子被四道落下的星力給完全的束縛。

「憑這樣就想困住我？」楊晟大喊了一聲，而我卻震驚，就算是四象之陣，也是天地間最頂級的步罡，號稱無物不困的天地禹步，師祖竟然能在這麼快的速度下完成，讓四道星力幾乎是同時落下，我如何能夠不震驚？

和當時的那個神一樣，楊晟的命運之河化作了一雙藍色的大手，開始直接要撼動星力，但是比那個神強悍的是，楊晟幾乎沒有用盡全力的樣子，是兩隻藍色大手同時進行，硬生生的就把其中兩道星力抬了起來。

「不自量力。」師祖只是這樣評價了一句，腳下的步罡不停，在這個時候，又是一道虛影投射於天空，這次是一個看起來很邋遢的老道，眼睛都不甚清醒的樣子，腰間還掛著一個酒葫蘆。

韋羽只是「嘖嘖」的感慨，而這個時候，師祖的腳步更快，竟然在踏動步罡的時候，帶起了殘影，我已經無法呼吸，因為我認出來了這是北斗步罡，天地禹步的進階步罡，師祖踏動它竟然能帶起殘影？

而昆侖之力的降臨也好像更快，在這個時候，師祖朝著我虛空的一抓，我感覺身體好像有什麼東西流逝了一樣，人也變得有些不適應的遲鈍起來，卻看見天空中又化出一道虛影，又是一個道士，只不過梳著道髻，卻做書生的打扮。

在我身體被抓走什麼東西的時候，我聽見師祖和天空中那三道虛影同時說道：「借靈覺一用，平衡各方力量……」

同時，我聽見多話的韋羽評價了一句：「這靈覺，遲早得道啊，強過神仙小時候太多，不，也強過神仙大人。」

我被韋羽這副樣子弄得有些無語，但從他的神態來看，這一次的勝局已定，好像無須擔心。

昆侖的力量還在降臨，在這個時候，楊晟不知道是出於什麼心態，就是在瘋狂的抵抗，只可惜他剛剛破壞了四象之陣，師祖這邊的北斗步罡再次踏完，再一次的困住了楊晟。

「就憑這樣，你還是困不住我！」楊晟瘋狂的大喊，這一次，命運之河瘋狂的滾動，竟然朝著七道星力同時席捲而去。

師祖看著楊晟歎息了一聲，這個時候，接二連三的虛影快速的投射到空中，一連竟然出現了五個道士的虛影，我想，那是因為師祖是道家人，否則也應該有別的修者出現吧？昆侖會不會也是熱鬧的？

當然，這只是我的猜測，師祖沒有給我回答，韋羽竟然也沒有評價。

在這個時候，師祖竟然停下了踏動步罡，掐動手訣之下，兩尊虛影竟然朝著正道的大陣移動而去，兩道昆侖之仙的虛影，竟然親自主持大陣。

再一次的，雷公會被召喚出來，而昆侖的力量還沒有停止，越來越多的虛影出現，當我看見一個痛心疾首的中年道人出現時，吳天的臉色變了，他轉身想走，卻被一道力量鎮壓，動彈不得。

「孽徒，竟然已經走到了這個地步，我傳你請神大術，你卻連任何的神都請不動了，只能從地獄中請來那種禍害，可見你一顆道心已經偏到了何種地步？」罕見的，我竟然聽見了虛影傳達意志，而我心中莫名的對這個嚴肅的中年道士心中有一股親切和尊重。

當時，我被取走了靈覺也是傻的，其實只要仔細一想，就知道他既然叫吳天孽徒，恐怕也是我師祖的師傅，畢竟我師祖和吳天同為師兄弟，這個虛影才是我真正的師門。

只是我當時根本就沒有想到，而那個嚴肅的中年道士好像也不在意這些虛禮，或者隔著世界，嚴格意義上來說，我們還歸不入他那一脈，只有師祖可以！

我們只能算師祖的弟子們，而他在怒斥吳天的時候，看向師祖的眼光卻有幾分欣慰。

吳天被鎮壓住，全身瑟瑟發抖，神色卻有著讓人看不透的不忿，在這個時候，師祖卻是再次開始踏動步罡，我只是看了一眼，就已經屏住了呼吸……漫天小銀河之步！

雖然比不得銀河之步，但已經是逆天得不能再逆天了，根本是這個世間的人無法想像的，我簡直覺得自己是在做夢……能想像嗎？萬千星力落下的場景。

可能也不會那麼誇張，畢竟小銀河之步是籠統的說法，小到可能只踏動一個小星系的力量，大到接近整個銀河。

但無論如何，這也已經是我能想像的極限了，在這個時候，天空的虛影出現了密密麻麻的幾十道，我沒有想到昆侖的神仙之人就這樣投影了那麼多在我的眼中。

師祖只取了三分之二的力量，剩下的全部在幫正道的人士碾壓戰場……局勢已經完全逆轉，我沒有想到，我們竟然能夠這樣的取得勝利。

天佑正道，天佑華夏，天佑世間。

而終於師祖的漫天小銀河之步也踏動完畢，在漫天虛影的見證下，絢爛透明的星力一道道的落下，讓人好像看見了最美麗的盛放。

楊晟被徹底的困住了，師祖停下了腳步……

邪道之人也被昆侖之仙鎮壓，滿地瘡痍的戰場在這一刻莫名的安靜了下來，只是片刻，正道的人士開始歡欣鼓舞，而邪道的人惶恐不安，因為等待他們的不知道是什麼命運？

我的心在這個時候，卻高興不起來，長輩的屍體還一個個的倒在地上，倒在血泊之中，如果這就是代價，我願意只是我一個人死去，而他們活過來。

「楊晟，結束了。」師祖對於楊晟根本沒有多餘的廢話，揮手掐動手訣，天地風起雲湧，萬千道雷霆開始在天空聚集，楊晟再強悍，在這樣被困住的情況之下，也會被接連不斷的天雷消滅。

「哈哈哈哈，沒想到走到了這一步，卻也功虧一簣！我恨吶……」楊晟仰天大吼，可是，已經沒有迴旋的餘地，他絕對破不開這聚集了眾多昆侖之仙力量的漫天銀河之步。

「執迷不悟。」師祖的神色冰冷，第一道天雷已經落下。

一道天雷對楊晟造成的傷害有限，他看了一眼師祖，忽然狂笑道：「老李，你可唬不住我，這些虛影有本人百分之一的力量嗎？對，你們今天是可以用這樣的力量消滅了我，可也阻擋不住我做魚死網破的事情！」

師祖的神色一變，卻見楊晟全身紫光大盛，忽然一道紫光以毀滅的力量一下子朝著星力囚籠的一角狠狠炸去，完全是魚死網破的做法。

「只要留一點點力量，就可以破開某種平衡，我知道上界怕什麼，這是我的報復！」楊晟的神色全是瘋狂。

而師祖的臉色變得沉重，開始沉默不語的接連接引天雷不停的轟擊，可是最後瘋狂的楊晟怎會在意，只是瘋狂的做著這件事情！

我從師祖臉色沉重看出來了，楊晟一定在做一件異常可怕的事情，無奈昆侖之力已經借到了極限，也真如楊晟所說，這樣的力量無法阻止他！

師祖在和他搶奪時間，但一分一秒的過去，楊晟竟然憑藉著瘋狂，堅持到了一個驚人的地步。

終於，又是百道天雷落下的時候，楊晟竟然用力量把星力牢籠炸開了一個極小的縫隙，在這個小小的縫隙之中，一團紫光擠壓而出，朝著遠方的天際奔去。

「如同只是爆炸，你也阻止不了，因為要磨滅它，需要多少的天雷？哈哈哈哈……」楊晟瘋狂的大笑。

師祖的臉色變了，眼前的楊晟已經極度的虛弱，為什麼到最後還是爭搶不贏？

「罷了，天意……」在天空中的那個嚴肅中年道人忽然望著遠方，憂慮的說了一句，我好像感覺到了一陣地動山搖的震動，一聲似是而非的瘋狂獸吼之聲傳來。

「再來，再來，全部都出來！」楊晟笑得越加瘋狂，在這個時候，不只是師祖變了臉色，就連那個嚴肅的中年道人也變了臉色。

但是在這個時候，一聲淒涼的呼聲卻從那邊傳來：「晟哥……」

這是……我的心裡一驚，她怎麼來了？卻忍不住轉頭，卻看見在戰鬥到負傷的珍妮大姐頭和老掌門的護送下，一個女人帶著一個半大的少年走上了山坡，站在那裡呼喚楊晟。

楊晟原本已經完全的瘋狂，聽見這聲呼喊以後，竟然身子一震，忍不住的轉頭了。

「晟哥，我知道你是重感情的人，否則也不會為了老師留下的東西，瘋狂到現在這個地步。可是，晟哥，你老師走得早，沒有給你留下隻言片語，你真的就以為你理解的是對的嗎？」還能是誰，這個時候，來到山坡之上的竟然是靜宜嫂子，還帶著他們的兒子。

楊晟說不出話來，全身顫抖，猛地一個轉頭，仰天望去，竟然是兩行淚水從眼中滾落，在這個時候，師祖竟然停止了天雷的轟擊，只是靜靜的等待著。

「晟哥，如果……你不是困到這個地步，我的話你是半分都聽不進去的吧？我一直都不瞭解你，你是那種不走到絕路，絕不回頭的人。或許，你走到了絕路，也要堅持的走下去，曾經這是你吸引我的地方，因為你讓我看到了一份執著，可那時的我卻沒有看見這份執著之下的偏執，所以我告訴兒子，要學你爸爸的執著，卻也要有認錯的勇氣。」靜宜嫂子的聲音帶著哭腔，而提到兒子，楊晟瘋狂舉起的手漸漸落下。

最瞭解自己的人，往往就是那個共同生活的人……或許，就真如靜宜嫂子所說，楊晟如果不是走到了絕路，也許真的連這番話都聽不進去吧。

「晟哥，我知道其實你沒有忘記我們母子。很多次，我能感覺你偷偷的來看過我們，到最後，我只希望你能給孩子做一個榜樣，做一個知錯能改的榜樣，畢竟那麼多年，你偷偷來看我們，卻沒有聽孩子叫過你一聲爸爸。我會讓兒子叫你一聲爸爸，難道你不希望這一聲，可能也是唯一一聲爸爸，是讓他帶著尊重的叫你嗎？」說到這裡，靜宜嫂子一下子蹲在地上哭了。

那個時候，楊晟的出走，她站在風中沒有哭，那麼多艱難的歲月，面對人們的猜測指點，她一個人帶大孩子，她沒有哭，卻在這個時候真切的哭了。

楊晟沒有說話，只是在流淚中無聲的顫抖，過了十幾秒，他忽然睜開眼睛，對著師祖說了一句：「動手吧。」

在這個時候漫天的天雷落下，一聲「爸爸」忽然超越了雷聲，傳到楊晟的耳中，楊晟猛地回頭，看了一眼自己的兒子，嘴唇抖動，終究什麼話也沒有說出口。

接著，他被漫天的雷光湮沒……

任何人都有權力被愛，但他至少在自己的人生中要懂得愛人，才能感受到被愛的滋味，否則，這一切將被剝奪。

一個月後……

竹林的沙沙之聲傳來，一壺清茶裊裊，我和師傅就這麼靜靜坐在竹林小築的長廊之前，看著遠方濛濛的雨景。

「師傅，你真的不後悔用部分果報，來換取這麼一點時間嗎？」轉眼，大戰已經過去一月，而這一月我心中安寧，因為這是我和師傅在竹林小築的一月。

大戰結束，昆侖為正道人士降下果報，犧牲之人功德不夠的，將帶福報大念力轉身，功德圓滿之人，將踏上蓬萊，魂歸昆侖。

我的長輩們屍體未冷，靈魂還未離體，所以在昆侖大功力之下，得到回魂，師祖當時就要帶走師傅一行人，卻不想師傅領頭拒絕了師祖。

「師傅，我還剩下一些歲月，我想陪伴承一。」這是師傅說給師祖的話。

而師傅一開口，我的長輩們紛紛提出了要陪伴小輩的要求。

「如果你們現在隨我去，肉身也能歸於昆侖；如果你們還要剩下的歲月，到時候，只能魂歸昆侖。相比於完整的到昆侖，這中間有什麼差別，你們是知道的吧？」師祖沒有強求，只是問了那麼一句。

師傅他們卻堅持了，於是換來了我們這樣安靜的歲月。

師傅沒有回答我的問題，只是看著天空說道：「這雨快要不涼了，這春天要到了啊……」

春天？我的心微微有些顫抖，卻是強作歡笑。師傅沒有理會我的笑容，只是端起眼前的茶喝了一口，說道：「你們這些小輩也算因禍得福，回來的共生魂帶上了一絲昆侖之力，省卻了苦修，可你卻不能省卻一顆道心錘煉的過程啊。」

這就像小時候教育我一般，我笑，茶湯入口，微苦還甜，只是心中也有些傷感：「如雪得了昆侖之力又如何？畢竟是那蟲子啃噬了楊晟得的，只不過會分享於她，那些神仙還是在乎蟲子的，趕緊破開空間，讓如雪回了龍墓。」

「得了，你小子別得了便宜還賣乖，兩情若是久長時，又豈在朝朝暮暮？歲月還長，一切都有可能，再說這也是如雪的功德，別忘了你身上的責任，楊晟雖然最後及時收手了，可是禍根已經釀下，你少不得要費心了。」師傅咬著他的旱菸杆子，神情稍微有些憂慮。

「我不會忘記的，活著的人都不會忘記，這一次如雪的蟲子吞噬了大量的昆侖之靈力，又被昆侖之仙降下果報，消除了禍根，這丫頭怕是提升得最快，到時候也該出來了，幫我分擔一下，只可惜了路山。」說到這裡，我的嘴裡有些苦澀。

「路山也算是圓滿，白瑪最後不是為他的魂靈降下了祝福，然後去了昆侖嗎？但願路山下一世修得圓滿，能夠繼續的追隨白瑪，誰說天道之下，不能有情了？」師傅淡淡的評價了一句，煙霧從他的鼻子裡冒出。

我沉默不語，嘴角帶笑，下一世，若有緣，我還是能再遇見你的吧？路山……

天還是涼，雖然雨意已經轉暖，可到底還是涼的，我起身，對師傅說道：「師傅，我去給你拿一件兒衣服……」

「行了，別拿了，我這身子骨還抗得住，就是擔心老掌門和珍妮姐去了昆侖，你能不能撐得住雪山一脈？」人老了總是囉嗦，師傅也不例外，這個問題這一個月以來，已經不知道重複了多少次？

我沒有理會師傅的話，還是執意的找了一件衣裳給他披上，是件新衣衫，就穿過一次，在雪山一脈大草原的婚宴之上，師傅穿著它，和我及眾人一起喝了一個酩酊大醉。

「師傅，你就別擔心這些了，要擔心也該擔心那江一，最後跑了，我沒有想到最後是白瑪的父親接替了江一的位置，但收到消息也是晚了，沒見到女兒得正果的那一幕。到底陶柏又是有了一個依靠，我沒想到白瑪父親隱藏那麼深啊，為他們擔心吧，江一這一齣，倒是把部門徹底得罪了，以後這黑暗十七子總會被揪出來……」我笑著說道，倒是為別人操心起來。

「也是你的事兒，別寄希望在別人身上。再說了，楊晟捅的簍子……」師傅又念叨了一句。

「師傅，你已經說第二次了，這不是大時代的開啟嗎？相信還是會有新一代的人轟轟烈烈的，A公司啊、簍子啊、拉崗寺啊，交給他們去操心吧，我老了啊……」我笑，昆侖之仙雖然最後鎮壓了邪道之人，但到底是放了。

原因很簡單，他們只能插手昆侖遺禍的事兒，不能插手這世間的事兒，正道之人在當時也沒有追殺，只因為累了。

想起來還有個小插曲，在那戰場之上，有一個小人物竟然沒有死，是成都那雲家的後人，我沒想到他也來參戰了，在最後被鎮壓的時候，竟然大聲哀求起師傅，師傅到底不忍心，央求師祖救了他，化了一身的紫色液體的力量。

只不過到最後也只能當一個普通人，而且壽元有限了，只是經歷了這些，那雲寶根還算惜福，他得到了報應，和我們的一切恩怨也算作煙消雲散。

我在沉思之間，嘭的一聲，一顆棋子砸在了我腦袋上，師傅怒道：「你這樣，就說老了，那我算什麼？」

我捂著腦袋，對師傅說道：「師傅，別老是這樣好不好？都那麼多年了……」

「再多年你也是我徒弟，真是的……你與我躲起來過這逍遙日子，其他雪山一脈連同正道的人倒是忙著，配合世俗勢力搗毀楊晟留下的一切，我真是……」師傅念念叨叨。

我拉起師傅說道：「好了，師傅，天涼，進去吧，這做好的魚煲可要涼了，燙好的酒也不熱了哦……」

「好好好，進去……」師傅隨著我站了起來。

人間最留不住的是時光，儘管冬天過得不錯，但春天的腳步依舊會來。

暖洋洋的一日，我打來潭水，照例開始燒水，午睡以後，總是需要喝一杯清茶，這已經是我和師傅的習慣。

這潭水泡著的茶香，我覺得或者這也是我的一種習慣。

「承一，今天拿我櫃子最裡邊兒的茶葉。」師傅扯著嗓子對我喊道。

「那是什麼茶？」我問了一聲。

「鐵觀音啊，今天就想喝這個。」師傅懶洋洋的回答道。

「唔……」我應了一聲，開始在茶櫃裡翻找，覺得外面的天好像更亮了一些，陽光有些刺眼。

「承一啊……我會想你的。」冷不丁師傅來了這麼一句。

我埋首在櫃子裡，沒有聽清楚，於是大聲問了句：「師傅，你說什麼？」

沒有人應我，我又大聲問了一句：「師傅啊，你說什麼？」

還是沒有人應我，我的淚水一下子溢滿了眼眶，然後陡然而落，拿出了那盒茶，我一邊笑一邊流淚的說：「師傅，你看看你，怎麼想著喝這個，盒子上都落灰了……」

「不過鐵觀音也好，那如桂的香氣兒讓人靜心，就是不經泡啊……」我一邊說一邊走，走到了長廊外，師傅還在那裡坐著，只不過目光已經呆滯，我轉頭望著遠方的天際，有些兒亮，淚水落下，輕聲說了一句：「師傅，再見，等著你，再走一段兒。」

只不過，總是記得那一句，「我怕我傻了以後，沒人照顧。」，帶著淚水，趕緊的泡好茶，如果喝不動，我來細細餵你。

南方的春暖，東北老林子卻積雪未化。在那邊為我領路的還是那個老張，多年未見，老了些，動作慢了些，但還是健康的。

「承一，你帶老人家，又不省事的來這老林子，好嗎？」露營時，老張擦著他的獵槍問我。

我就著剛剛燒熱的水，在給師傅擦著手腳，面對老張的問題笑著說道：「好啊，因為不在我身邊，我不放心的。」

「我該說你是孝順呢？還是……」老張無言的歎息一聲。

我不說話，只是給師傅穿上襪子，他其實不麻煩，很沉默，偶爾會「嗚嗚」兩聲，我總覺得那是他回來了，在回應我。

見我不說話，老張問我：「你又到這老林子裡來，說找一個多年前走丟的姑娘，是那個很俊的妹子吧？你能找到？」

「能的。」我笑著說道，然後端起了熱湯，稍稍吹冷，開始一口一口的餵著師傅。

夜晚，總還是有些風聲，好像在吟唱著多年歲月譜寫成的一首歌，轉眼，心已滄桑，卻也，心已透明。

《我當道士那些年》全套完結

後記

現在，終於開始寫這一段完本感言了，忽然發現以前覺得有好多要說的，真正到要寫了，反而不知道說什麼了。

特別去天涯看了一眼開始的時間，二〇一二年八月十一日凌晨四點零七分發的帖，到完結的時間二〇一四年十月十日凌晨一點五十五分，歷時兩年多，忽然很感慨，為什麼開始和完結都是在半夜，莫非這就是註定我經常熬夜的原因？

好吧，其實那是藉口，我有重度的懶惰症和重度的拖延症，謝謝你們包容了我那麼久，因為山海的關係可能還要繼續的包容下去。

其實，我該說點兒什麼呢？

我想你們不愛看我廢話的，有這時間，我想你們更願意讓我去寫一些番外，寫一寫雪山的那場婚宴，寫一寫珍妮大姐頭和老李的重逢，寫一寫昆侖降果的具體……這些原本是留給大家空間去想的，好吧，我以後會不定時的寫個番外。這是回應大家的一些遺憾和感情，也是我對道士延續的一番感情。

但是，道士今日的完結，何嘗又不是一個開始？江湖是由很多人構成的，是由很多事情組成的……今日我在華山論劍，他卻少年初行……是的，道士還有自己的延續，那就是《山海祕聞錄》。

只不過，時間流淌，物是人非，曾經你我的江湖，會變成一代新人的江湖。

道士就好像是我的一個江湖夢的開始，而山海的出現，奠定了我的這個夢想。但夢想的基石是什麼？是你們的一個個支持，讓我「斗膽」了，讓我有了寫下去的自信。

今天的天氣轉涼了，昨天還是穿著短褲T恤在電腦面前碼字，今天就穿上了睡褲外套，窗外的風悠悠，莫名的覺得有些惆悵。

其實，要承認是如此的難以忘記吧？寫道士一路來的點點滴滴，每一個熟悉的書迷，每一分感動，每一分支持。

這幾天，我貌似玩得很愉快，很多熟悉的人怕我寫完道士難過，都給我留言，我卻好像是最沒事的那一個。

直到現在，我好像才想承認我的傷感，你們在告別陳承一、姜老頭兒、老李一脈的江湖，我何嘗不是在告別一段歲月？

我覺得我必須要把自己弄得沒心沒肺，才能去忘記這種傷感。

就像那個下雪的日子，陳承一離開居住的四合院時的心情……沒有哭，只是不在乎一般的沉默，總是有結束，如何喊著我不放？

不放的，只能放在心裡，並不能永遠的擁有。

我的很多書迷很可愛，期望道士能寫一輩子……其實，翻看那些留言的時候，心裡就覺得溢滿了某種說不出來的情緒。

如果可以的話，到老了，還能想起這本書，就是你們獎賞給我的最高榮譽了，不管是還要繼續追山海的朋友，還是準備要就此離去的朋友。

在作者後台有一個申請完本，我寫完這篇感言，就要去點它了。我也不知道到時候我會有怎麼樣的情緒？或者……也是風吹來時的面無表情吧？

想說的話就太多，我們還是不要說了吧……彼此在心間，也就夠了。

二〇一四年十月十三日 仐三

特別收錄

十三答台灣讀者提問

問：本書故事靈感起源是？

答：其實不存在靈感的起源，倒是存在某種「憤怒」的情緒，看人在論壇帶著強烈的個人色彩來解讀華夏的傳承，覺得會帶偏人心，覺得有必要寫寫。

問：寫出如此深刻的作品，可否冒昧請問您幾歲？

答：作品深刻嗎？其實對於我來說，沒有思考過這個問題，只是傾注了心中所想所思，我想在這個世間，能動人的還是情，我相信那是一把鑰匙，能打開人們心中的善。而對於這種情和善來說，幾歲都不是問題。

問：仐三平常喜歡看什麼書或小說？

答：喜歡的小說很多，因為平時就有閱讀的習慣，在這裡就不一一列舉了。但如果要說喜歡看的書，可能你們會笑，我喜歡看烹飪類的，自己不做，就是看，我覺得飲食文化的背後是博大精深的人文。

問：聽說本書是獻給女朋友的，真的嗎？

答：聽真話嗎？這本書是送給所有讀者的，真心且真誠的說。

問：陳承一本人跟你有幾分雷同呢？

答：他的性格自然帶著我的影子，不過怎麼想著都比較「負面」啊，黏黏糊糊和情緒化等等。其實我個人覺得陳承一這個人物，並沒有書裡其他男性角色受歡迎，比如承心哥啊、肖大少、姜爺之類的……哈哈。

問：您平常的職業是？

答：哈哈，你們猜？不過，我現在的職業是三三，但我不保證會繼續多久。我不是一個太能安定的人，或許當著當著就覺得差不多了，夠了。

問：想跟台灣讀者說什麼？

答：臺灣的讀者們，你們好！請我吃臺灣小吃嗎？我看「食尚玩家」的，常常把我看得很餓。好吧，開個玩笑，認真的說，我在網路上也經常收到臺灣讀者的留言，印象最深的是一個叫姍姍的媽媽讀者，一直都很支持我。其實這些一字一句很暖心。我很感動，可以說我愛你們嗎？

問：有機會是否想來台灣與讀者會面？

答：我一定會去臺灣看看的，但不一定是以三三的身份去。但如果，遇見了誰誰，正巧是我的讀者，我不介意一起吃一碗麵線，接著大家把酒言歡。

問：可否提供作者照片？

答：照片就不必了，我覺得自己只是一個普通人，平靜生活就好。也祝所有的臺灣讀者現世安穩，歲月靜好。我個人覺得這就是最大的幸福。

高寶書版集團
gobooks.com.tw

DN 197
我當道士那些年 III 卷十四：最終卷・神仙傳說(5)
作　　者　仐三
編　　輯　蘇芳毓
排　　版　趙小芳
美術編輯　宇宙小鹿
出　　版　英屬維京群島商高寶國際有限公司台灣分公司
　　　　　Global Group Holdings, Ltd.
地　　址　台北市內湖區洲子街88號3樓
網　　址　gobooks.com.tw
電　　話　(02) 27992788
電　　郵　readers@gobooks.com.tw（讀者服務部）
　　　　　pr@gobooks.com.tw（公關諮詢部）
傳　　真　出版部　(02) 27990909　行銷部 (02) 27993088
郵政劃撥　19394552
戶　　名　英屬維京群島商高寶國際有限公司台灣分公司
發　　行　希代多媒體書版股份有限公司/Printed in Taiwan
初版日期　2014年11月

國家圖書館出版品預行編目(CIP)資料

我當道士那些年 III（卷十四 神仙傳說 ：最終卷）
／仐三著 -- 初版. -- 臺北市 :高寶國際出版 :
希代多媒體發行, 2014.11
面； 公分. -- (戲非戲197)

ISBN 978-986-361-087-8(第5冊：平裝)

857.7　　103015211